강준현 장편 소설

FUSION FANTASTIC STORY

개척자

Pioneer

개척자 8

강준현 장편 소설

초판 1쇄 찍은 날 § 2015년 7월 21일
초판 1쇄 펴낸 날 § 2015년 7월 28일

지은이 § 강준현
펴낸이 § 서경석

편집책임 § 박용서

펴낸곳 § 도서출판 청어람
등록번호 § 제387-1999-000006호
등록일자 § 1999. 5. 31
어람번호 § 제1-2180호

주소 § 경기도 부천시 원미구 부일로 483번길 40 서경B/D 3F (우) 420-822
전화 § 032-656-4452 팩스 § 032-656-4453
http://www.chungeoram.com
E-mail § chungeorambook@daum.net

ISBN 979-11-04-90323-6 04810
ISBN 979-11-04-90076-1 (세트)

강준현 장편 소설

FUSION FANTASTIC STORY

개척자 8

Pioneer

개척자
Pioneer

CONTENTS

1장

누나의 남자 친구

누군가가 던진 한마디에 대오각성을 해 절대고수가 된다는 무협의 얘기처럼 천(天)은 준영이 장난처럼 던진 한마디에 그동안 옥죄고 있던 틀을 깰 수 있었다.

그녀에게는 경천동지할 큰 변화가 생겼지만 다른 이들의 눈엔 아주 작은 변화로 보일 뿐이었다.

"…저소득층의 사람들을 일정 수만큼 무료로 치료한다는 조건으로 화상 수술 로봇과 호르몬 조절 슈트를 무료로 모두 공급했어. 그에 피부 인큐베이터 센터를 연구소 지하에 마련했고. 내일부터 본격적으로 생산을 시작하게 될 거야."

"고생했네. 내가 결정해야 할 것은 뭐가 있지?"

"없어. 다음 주에 플래닛 오픈 베타에 대한 준비는 완료된 상태고, 영상의 도시 8지역 확장 구역 집들의 분양 계획도 완료됐어."

"하루아침에 햄릿 증후군—선택을 못 하는 결정장애—이 낫기라도 한 거야? 한편으로는 왠지 섭섭하면서도 다른 한편으로는 이제야 제대로 본인 일임을 자각한 것 같아 기쁘네."

하루 업무의 시작은 의사 결정으로 시작한다고 해도 과언이 아니었다.

천(天)이 동시에 해내는 수많은 일들에 대한 결정을 하다 보면 오전이 훌쩍 갈 때도 많았었다.

한데 대부분 천(天)이 처리하고 '이런 일이 있었다' 정도로 보고를 하니 해야 할 일을 뺏긴 것 같아 시원섭섭하기도 했다.

"원한다면 네가 해도 괜찮아."

"아니, 사양할게. 매일 오늘처럼만 해줘. 그리고 지금 모습 활기차 보여서 좋아."

"흣! 칭찬은 말로만 하지 말고 행동으로 좀 보여 봐."

"어떻……!"

천(天)은 언제나처럼 앉아 있던 소파에서 일어나 어떻게 행동할까라고 물으려는 준영에게 다가왔다. 그리고 앉아 있는 그의 머리를 잡고 품에 안았다.

"이렇게. 참, 진명천에게 전화해야 하지? 자리 비켜줄 테니 편하게 얘기해."

"……"

그 길로 사무실 밖으로 나가 버리는 천(天).

준영은 잠시 멍하니 앉아 있다가 곧 뒷머리를 벅벅 긁고는 진명천에게 전화를 걸었다.

*　　*　　*

"일주일 만에 게임 머니의 가치가 5분의 1 가격으로 떨어졌습니다. 즉 수많은 유저들이 떠날 준비를 하고 있음에 대한 반증인데, 저희 운영 팀의 예상으로는 약 1억 명 정도의 유저들이 떠날 것으로 보고 있습니다."

퓨텍에서는 성심소프트의 가상현실 게임에 대한 긴급 회의가 연일 계속되고 있었다.

운영 팀장의 말을 듣고 있던 장두호가 입을 열었다.

"내가 대충 예상해도 2억 명은 넘게 빠져나갈 것 같은데 유저들을 붙잡을 대책에 대해 생각은 해본 모양이군. 운영 팀부터 말해봐."

"그동안 유저들이 구하기 힘들었던 아이템과 비싼 상품을 내건 대대적인 이벤트를 준비하는 겁니다. 또한 거의 완성 단계에 있는 차기 게임이 완성되어 서비스를 시작할 때 게이트 월드를 그대로 이전해 준다는 조건을 건다면 유저의 이동이 최소화될 것이라 보고 있습니다."

"게이트 월드에 한해서 서버 이전이라, 좋은 생각을 해냈군. 상품은 어떤 것으로 할 생각인가?"

"기존에 했던 가전제품이나 상품권보다는 좋아야 할 것 같습니다."

"그 정도로는 부족하지. 사람들이 꿈에서라도 갖고 싶어 하던 걸로 준비해. 가령 최고급 스포츠카, 아파트, 호화 크루즈 여행 같은 거 말이야. 재무 팀에 말해둘 테니 아끼지 말고 쏟아부어. 그래서 한 명의 유저라도 더 붙잡을 수 있도록."

퓨텍이 지난 9년 동안 회사에 이런저런 명목으로 모아둔 돈은 실로 어마어마했다. 한데 퓨텍의 입장에선 그 돈을 다 쏟아붓더라도 유저가 빠져나가는 걸 막아야 했다.

왜냐하면 유저의 절반이 빠져나간다면, 그때부터는 퓨텍이라는 거대한 공룡도 적자로 돌아서게 될 것이 분명했기 때문이었다.

"무엇보다도 우선되어야 할 것을 잊은 듯합니다. 가장 먼저 전 세계 광범위하게 펴져 있는 퓨텍의 조직을 축소해야 합니다."

한참 대책에 대해 얘기가 오가던 중 장두호가 회장이 되며 재무 팀을 맡게 된 고선미가 말을 꺼냈다.

모두들 눈치를 보며 꺼내지 못한 말이어서 회의실은 일순 조용해졌다.

"설명을 들어볼까?"

"퓨텍은 게임과 관련 상품으로 전 세계에서 벌어들이는 막대한 돈의 55퍼센트를 지출하고 있습니다. 20퍼센트는 연구 개발비, 15퍼센트는 예비비, 나머지 10퍼센트는 주주들에게 배당을 하고 있죠. 한데 유저 수가 급감해 매출이 줄어든다면 어떻게 될까요? 예비비를 최소한으로 남기고 연구 개발비를 축소한다고 해도 30퍼센트가 떨어진다고 하면 문제가 생기기 시작할 겁니다. 그리고 50퍼센트가 떨어진다면……."

뒷얘기를 하지 않은 것이 더 효과적으로 전달되었다.

위기감이 번졌고 조직의 축소를 받아들이기 시작했다. 배가 침몰하지 않으려면 누군가를 희생시켜야 했고 희생양이 자신이 되지 않기를 바랄 뿐이었다.

"잘했어, 고 팀장."

회의를 끝내고 회장실로 올라가던 장두호가 뒤를 따르는 고선미에게 말했다.

"지시대로 했을 뿐입니다."

인원 감축에 대한 언급은 회의에 앞서 장두호에게 지시를 받은 사항이었다.

그가 회장에 취임하며 대대적인 개편을 단행했었는데, 인원 감축 문제까지 그가 주도하다간 자칫 반발을 불러올 수도 있는 일이었기에 고선미가 총대를 멘 것이었다.

그리고 그녀와 함께 비서실장, 기획실장 세 사람이 구조조정을 주도하기로 되어 있었다.

같이 뒤를 따르던 비서실장이 조심스럽게 말했다.

"한데 고용에 대해 유독 민감하게 반응하는 정부가 어떻게 생각할지가 관건입니다."

퓨텍은 현 정부와 유독 친밀한 관계를 맺고 있었다. 그래서 정부 정책에 반하는 일을 하기엔 조심스러울 수밖에 없었다.

장두호는 발걸음을 다소 늦추며 말했다.

"첫 번째 구조조정의 대상은 해외에 있는 지점들이 될 거야. 그리고 그다음이 연구소가 될 테고."

"하지만 결국 국내 인원 또한 감축을 해야 하지 않습니까?"

"그에 대한 문제는 너무 걱정할 필요 없어. 현재 과도하게 지급되고 있는 연봉을 조정하고 잉여 인력의 경우 따로 보낼 곳이 생기지 않았나."

"아! 계열사로 보낼 생각이십니까?"

"그래, 계열사에도 사람들이 필요하니 그쪽으로 돌린다고 생각하면 될 거야. 정부에서 마치 이런 일이 있을 것이라 생각하고 우리 퓨텍의 확장을 허락한 것이 아닌가 싶어."

"그렇다고 해도 현재 계열사들로 다 보내기엔 무리인 것 같습니다만."

"걱정 말게. 곧 새로운 계열사가 또 하나 생길 테니까 말이야. 그 얘긴 나중에 다시 하기로 하고 일단은 해외 지점들에 대한 구조조정안부터 마련들 해."

"알겠습니다, 회장님!"

세 사람의 인사를 받으며 회장실로 들어온 장두호는 책상이 아닌 소파에 눕듯이 몸을 기댔다.

"마더, 가상현실 게임 차기작은 얼마나 남았지?"

장두호가 회장이 되자마자 무엇보다도 먼저 한 일은 마더와 언제든지 대화를 할 수 있게 만드는 일이었다.

사사로이 마더의 리소스를 사용할 수 없다는 규정을 만들어낸 최고 위원들이 알면 놀라 팔짝 뛸 일이지만 대화 정도는 마더의 리소스를 감시하는 제1전산실에서도 알아볼 수가 없었다.

[내년 1월이니 정확하게 87일 남았습니다.]

"성심그룹의 플래닛과 비교하면 어떻지?"

[게임은 비슷합니다만 사람들이 게이트 월드라고 부르는 곳은 플래닛이 좀 더 우수합니다.]

"그에 대한 대책은?"

[게임 개발이 완료되고 두 달 정도의 시간이 더 주어진다면 동일한 수준으로 끌어올릴 수 있습니다. 또한 현재 만들고 있는 새로운 슈퍼컴퓨터가 완성된다면 15일 정도 더 앞당길 수 있고요.]

"늦어. 게임과 같이 만들 순 없는 건가?"

게이트 월드는 게임보다 중요한 곳이었다. 게임을 하는 유저보다 두 배나 많은 사람들이 오가는 곳이었고, 오감을 완벽하게 재현할 수 있다면—플래닛은 이미 적용이 되었고 퓨텍은 차기 게임에서 적용될 예정— 유저 수가 지금보다 더 폭발적으로 늘 것이라는 것이 마더의 분석이었다.

[현재 퓨텍연구소에 배당된 리소스까지 끌어다 쓰고 있는 입장입니다. 더 이상은 작업할 리소스가 부족합니다.]

"방법이 정녕 없는 건가?"

계열사를 늘이고 구조조정을 하는 것은 차선일 뿐이었다. 퓨텍이 퓨텍으로 남기 위해선 누구에게도 뒤지지 않은 가상현실에 대한 기술이 있어야만 했다.

[있습니다. 최고 위원인 윌슨 회장이 만든 슈퍼컴퓨터를 사용할 수 있으면 가능합니다.]

윌슨 회장은 미국을 등에 업고 마더에 적용된 하드웨어 기술을 빼앗다시피 가져가 슈퍼컴퓨터를 만들고 거기에 멈추지 않고 소프트웨어를 요구했던 인물이었다.

물론 그러다 장덕수 회장의 암계에 빠져 막대한 돈만 날리고 결국 소프트웨어 분석에서 손을 떼야 했지만 말이다.

"그 컴퓨터는 미국 국방성에서 사용하고 있다는 얘기를 들었는데……."

[저의 본체와 거의 동일한 구조로 만들어졌기 때문에 그 컴퓨터의 리소스를 50퍼센트만 사용할 수 있다면 게이트 월드는 물론 게임까지 60일 정도면 완성할 수 있을 거라는 계산입니다.]

퓨텍이 처음 사업을 시작했을 때 수많은 제약을 걸었던 미국 정부의 손에서 겨우 벗어난 지금, 다시 그들과 연관되는 것은 싫었지만 선택의 여지가 없었다.

장두호는 윌슨 회장에게 전화를 걸었다.

—장 회장이 웬일로 나에게 전화를 다 했소이까?

“위원님께서 퓨텍을 위해 해주셨으면 하는 일이 있어 연락드렸습니다.”

—허허허! 퓨텍의 일이라면 내 일이나 마찬가지죠.

윌슨 회장은 장덕수 회장이 있을 당시 미국보다 퓨텍을 선택했었지만 그렇다고 미국을 버린 것은 아니었다.

단지 양다리를 걸치고 돈이 되는 쪽에 무게중심을 두는 것뿐이었다.

“차세대 게임이 석 달 뒤에나 완성된다는 걸 알고 계실 겁니다. 게이트 월드까지 성심과 같은 수준으로 맞추려면 다섯 달 정도 걸린다는 것이 마더의 계산이었습니다.”

—자칫 실기할 수도 있겠군요.

“맞습니다. 하지만 그 기간을 두 달로 줄일 수 있는 방법이 있습니다. 바로 위원님이 만든 슈퍼컴퓨터를 마더가 이용하면 가능할 것 같더군요.”

—…음, 현재 슈퍼컴퓨터를 펜타곤에서 사용하고 있는데 곤란하게 되었군요.

“리소스의 50퍼센트만 사용하면 됩니다.”

—나야 당연히 사용하도록 해주고 싶죠. 한데 펜타곤이 과연 허락할지… 일단 얘기는 해보겠지만 내 생각에 힘들지 않을까 싶소. 그리고 설령 허락한다고 해도 요구 사항이 있을 겁니다.

"…감수할 수 있는 것은 해야죠."

미국이 그냥 넘어갈 리가 없었다.

무리한 요구를 한다면 거절하겠지만 웬만한 요구라면 받아줄 생각이었다.

—그럼 알아보고 바로 전화를 드리겠소.

윌슨 회장으로부터 전화가 온 것은 한 시간 정도 지난 다음이었다.

—펜타곤에서 한 가지 조건만 들어준다면 기꺼이 사용을 허락하겠다는군요.

"무슨 조건입니까?"

—스튜디오 기술.

"후후!"

장두호는 웃음이 나오는 걸 참지 않았다.

스튜디오는 퓨텍의 차세대 성장 동력이나 마찬가지였다. 게다가 이미 오래전부터 가상현실을 통한 영화 제작을 할 수 있는 여건이 마련되어 있었음에도 하지 못했던 것이 누구 때문인가.

게다가 별도의 법인인 스튜디오는 온전히 자신의 소유였다.

"스튜디오 기술은 혼자만의 물건이 아닙니다. 지금은 영도관에 속한 기업들의 허락을 받아야 기술 이전도 가능합니다."

—그야 기술을 보고 역공학으로 유사하게 만들면…….

"없었던 일로 하죠."

장두호는 윌슨 회장의 말을 끊고 거절했다. 더 들어 봐야 귀만 더러워질 뿐이라고 생각했다.

장두호가 강하게 나가자 한발 물러선 건 윌슨 회장이었다.

—…허허. 나 역시 거절하는 게 당연하다고 생각하오. 하면 스튜디오를 할리우드에 건설해 주는 건 어떻게 생각합니까?

"영도관과 상의를 해봐야 알겠지만 조금 전 조건보다는 받아들이기가 쉽군요."

—그럼 상의를 해보고 전화를 주시오. 나도 건설 쪽으로만 하는 게 어떨지 펜타곤을 설득해 보겠소이다.

"그러죠."

대답은 했지만 그 또한 쉽지 않은 일이었다.

건설을 해주면 뜯어서 기술을 카피하려 할 것이 빤한데 영도관 입장에선 반대할 것이 분명했다.

또한 스튜디오 건설은 오로지 성심의 기술이었다. 성심이 건설을 거부하면 영도관이 허락해도 소용없는 일이었다.

쾅!

"빌어먹을! 내 것이 만든 회사에게 아쉬운 소리를 하게 될 줄이야.”

전화를 끊은 장두호는 분을 참지 못하고 책상을 강하게 때렸다.

가상현실 게임이 개발된 순간 의심은 확신이 되었다. 마더에서 도망간 무엇이 성심으로 갔음을.

‘기다려! 이번 일만 해결되고 나면…….’

장두호는 퓨텍을 안정화시키고 본격적으로 자신의 것을 되찾아 올 생각이었다.

* * *

“…그래서 할리우드에 스튜디오를 건설해 줬으면 하는데 안 회장님의 생각은 어떠신지요?”

앞에서 구구절절 말하고 있는 도창정을 바라보는 준영의 눈빛은 서늘하기만 했다.

“물론 무리한 요구인 줄은 압니다. 저 역시 영상의 도시의 중요성을 잘 알고 있습니다만 장 회장이 워낙 강경한 터라…….”

“…이유가 뭡니까?”

거절할 때 거절하더라도 이유나 들어보자는 심정으로 물었다.

“중심에서 밀려난 정확한 이유를 알 수는 없지만 새로운 가상현실 게임 출시일 때문에 미국과 모종의 합의가 있지 않았나 싶습니다."

"훗! 귀사의 장 회장님도 재미난 분이군요."

이는 경쟁사에 찾아와 자신들의 게임 개발을 도와달라고 말하는 것과 다름없었기 때문이었다.

'쯧! 잘못 계산한 건가?'

천(天)에게 퓨텍의 가상현실 게임 완성을 도우라고 한 것은 퓨텍이 대한민국에서 차지하는 비중이 너무 높아 급격하게 무너지는 걸 방지하기 위해서였다.

계열사를 확장하게 하고, 영상의 도시를 만들 때 많은 이권을 준 것 또한 그런 맥락이었다.

그에 준영이 원한 것은 게임 시장의 40퍼센트 남짓.

석 달 늦게 출시되도록 만든 것도 그 때문이었는데 그 기간을 줄이고자 스튜디오를 할리우드에 지어달라고 하니 당연히 열이 받을 수밖에.

—해준다고 해.

거절하려고 하는데 천(天)의 말이 귀에 들렸다.

"같은 국민끼리 도우며 살아야겠죠. 알겠습니다. 원하는 대로 지어 드리죠. 대신 영도관은 귀사에서 설득하시기 바랍니다."

"그야 당연하지만… 정말 허락하시는 겁니까?"

준영이 순순히 그러겠노라고 말하자 놀란 건 오히려 도창정이었다.

준영은 한시라도 빨리 천(天)에게 이유를 묻고 싶었기에 같은 국가 소속임을 내세워 허락하는 걸로 마무리를 지었다.

"허락하라고 한 이유가 뭐야?"

도창정이 가고 천(天)이 들어오기가 무섭게 준영이 물었다.

"최근 미국의 움직임 중에 내가 파악할 수 없는 것들이 있어서. 동북아시아에 대한 미국의 태도가 아무래도 수상하거든."

우리나라는 지정학적 위치 때문에 국제 정세에 민감할 수밖에 없었다. 특히 세계의 패권을 차지하기 위해 대립하고 있는 중국과 미국의 중간에 끼여 있어 더욱 그랬다.

"휴~ 정말이지 짜증스럽군."

국제 정세의 변화라는 변수가 10년 계획의 발목을 잡으려고 하니 짜증이 났다.

그러나 안전이 보장되지 않은 상태에서의 희망찬 나라라는 것은 결국 사상누각에 불과하다는 걸 준영은 잘 알고 있었다.

"어쩔 수 없지. 한데 스튜디오를 할리우드에 설치한다면 기술 유출이 불가피할 텐데 몇 년이나 버틸 수 있을까?"

"길어야 3년."

가상현실 게임이나 스튜디오 기술을 영원히 독점할 수 없다는 것은 예상하고 있었다. 단지 그 기간을 최대한 늘이는 것이 관건이었을 뿐이었다.

"꿀 좀 느긋하게 빨아볼까 했더니만… 아무튼 이번 기회에 미국에 대해 자세히 알아봐 줘. 정 안 되면 경제 정책은 뒤로 미루고 군사 정책을 우선으로 해야 할 수도 있으니까."

시작하기 전에 만일 군사 분야까지 신경 써야 한다는 걸 알았다면 절대 하지 않았을 것이다. 하지만 이제까지 해온 것이 아까워서라도 멈출 수가 없었다.

"그나저나 출발 안 해?"

"아! 맞다. 내 정신 좀 봐."

어제 어머니가 할 얘기가 있다고 집으로 오라고 해 오늘 갈 생각이었는데 갑자기 도창정이 들이닥치는 바람에 깜박 잊고 있었다.

준영은 서둘러 헬기를 타고 서울로 향했다.

할아버지가 돌아가시면서 근처 아파트로 이사를 했던 가족들은 다시 성북동으로 이사를 해야 했다.

산영이 초등학교를 졸업하면서 굳이 휘경동에 있어야 할 이유가 없었고 안전한 경호를 위해서도 꼭 필요한 일이었다.

"어서 오너라. 할머니는 친구분들이랑 여행 가셨다."

"네, 한데 왜 이렇게 어둡게 하고 계세요?"

리모델링 하면서 달아둔 고급 조명들이 제 역할을 하지 못하고 있었다.

"둘만 있는데 굳이 불을 켜둘 필요가 어디에 있냐. 전기 값 아깝게."

예전과 비교할 수 없이 풍요로워졌지만 부모님의 소비 성향은 변한 게 없어 보였다.

"그러는 분이 그리 비싼 자동차를 사셨어요?"

어머니가 옆에서 한마디 하셨다.

"허~ 그건 같이 회사 그만둔 동기 녀석이 하도 조르는 바람에 어쩔 수 없이 샀다니까. 그러는 당신은 무슨 찻잔 세트를 그리 비싼 걸 샀어?"

"그야 우리 아들 체면 생각해서 샀죠."

'변화가 있긴 있었나 보네…….'

변화가 없는 게 이상한 일이었다.

두 분의 폭로전(?)은 가사도우미가 차를 가지고 나오는 걸 보고야 끝이 났다.

"마음껏 쓰시면서 사세요. 때론 아끼는 것보다 쓰는 것이 미덕일 수도 있어요."

"험험! 네가 고생해서 번 돈을 함부로 쓸 수야 없지. 다음부터는 아껴 쓰도록 하마."

준영의 아버지는 자신을 생각해 준영이 위로를 한다고 생각한 모양이었다.

"안 쓰시면 어차피 세금으로 나가게 될 거예요. 그러니 제가 보내는 돈만큼은 마음껏 쓰셔도 돼요. 그리고 두 분이 쓰셔야 다른 사람들도 벌고, 또 그 사람들이 저희 회사를 위해 돈을 쓰죠."

"…세금으로 나간다는 게 사실이냐?"

돈이 돌고 돌아야 한다는 것보다 세금으로 나간다는 것이 아까운 안형식이었다.

준영은 그에 대해 간단히 설명을 해줬고 그제야 두 분은 돈을 써도 된다고 느끼셨는지 고개를 끄덕였다.

"한데 무슨 일로 절 보자고 하셨어요?"

준영의 물음에 어머니가 말씀하셨다.

"응, 다른 게 아니라 좋은 선 자리가 들어와서 네 의견 좀 듣고 싶어서 불렀다."

"저, 좋아하는 여자 있어요."

"알고 있다. 너 말고 네 누나 선 얘기란다."

"에? 엄마가 어떻게 제 애인에 대해서 아세요?"

"엄마가 왜 몰라. 하늘이 말하는 거잖아? 참 참하고 얼굴도 예쁘더라. 엄만 네가 하늘이랑 잘 됐으면 좋겠다. 호호호."

"이 애비도 그 애라면 무조건 찬성이다. 할머니도 어찌나 예뻐하시던지. 절대 놓치지 말거라."

원래에도 웬만한 일은 천(天)이 로봇을 이용해 알아서 처리했었다. 한데 집을 구하고, 리모델링 할 업체를 찾고, 가구를 들이는 등등의 그 모든 걸 천(天)의 분신이 한 모양이었다.

"하늘이 누나랑 그런 사이 아니에요. 제 애인은 진능령이라고 따로 있어요."

준영은 황급히 잘못을 바로잡으려 했다.

"아들… 네가 스캔들 났을 때도 어련히 알아서 하겠지라는 생각에서 한 번도 말하지 않았지만 말이야. 하늘이한테 그러면 안 된다."

"그래, 이 애비가 은근슬쩍 물어보니 그 애도 널 좋아하는 것 같던데… 아니야?"

"오해세요. 하늘이 누난 친한 동료 그 이상… 어쨌든 제 애인은 진능령이에요. 그러니 능령이 왔을 때 행여나 그런 말씀 마세요."

강하게 아니라고 말하려고 하는데 꿈속의 기억이 발목을 잡았다.

분위기가 다소 이상해졌지만 다행히 더 이상 천(天)에 대한 말씀은 없으셨다.

"근데 누나한테 어디서 선이 들어왔다는 거예요?"

"혹시 태광실업이라고 아니?"

"알죠. 리조트, 골프장, 건물 임대업 등 재벌이라는 말을 듣진 못하지만 꽤 튼실한 재정 상태를 가진 곳이죠. 거기 두 명의 아들이 있는데 첫째는 결혼을 했으니 둘째로 선이 들어온 모양이네요? 그 둘째가 검사라는 말을 얼핏 들은 것 같은데 맞나 모르겠네요."

"응, 맞아. 정말 잘 아는구나. 네가 보기엔 그 둘째와 네 누나, 어떨 것 같아?"

"글쎄요. 누나는 뭐라는데요?"

"니네 누나한텐 아직 말 안 했다. 네가 괜찮다고 하면 만나보라고 하려고."

어떤 사람을 만나 나중에 어떤 후회를 하든지 그건 당사자의 몫이 되어야 한다고 준영은 생각했다. 괜스레 옆에서 간섭을 했다가 나중에 원망의 대상이 될 수도 있기 때문이었다.

그렇다고 부모가 자식 편히 살라고 학벌 좋고 능력 좋은 사람을 소개시켜 주려 하는 것이 결코 비난할 일은 아니었다.

준영은 부드러운 말로 자신의 의견을 말했다.

"엄마 마음은 알겠는데 그냥 누나에게 맡겨보는 게 어때요? 남의 부(富)에 의지해서 살아야 할 만큼 누나도 가난하지 않아요."

"그건 무슨 말이니?"

"예전에 제가 성심테크 주식을 호영이 형, 현영이 누나, 산영이에게 준 적이 있어요. 지금은 그 주식이 성심그룹 주식 2퍼센트로 바뀌었죠."

"…듣기엔 별로 큰 금액이 아닌 것 같구나?"

부모님이 성심그룹의 가치에 대해서 모른다는 걸 깨달은 준영이 설명을 덧붙였다.

"현재 가치만으로 1조가 넘는 금액이에요. 제 예상대로라면 훨씬 더 커질 거고요. 올해 배당금이 대충 50억 정도씩 될 테니 세금 절반을 뗀다고 해도 매년 배당금만 받아도 평생 살 수 있을 거예요."

"……!"

"헉! 산영이를 위해 들어둔 적금은 필요가 없겠구나."

부모님은 꽤 놀랐는지 한참 말이 없었다. 하지만 재산이 많아졌다니 또 그게 걱정이 되는지 한마디 했다.

"그러니 더욱 더 좋은 사람을 만나야 하지 않겠니? 혹시 잘못된 놈팡이라도 만나 그 많은 돈 몽땅 다 날리면 어떻게 하니? 안 그래?"

이래도 걱정, 저래도 걱정이 되시나 보다.

"그럼 일단 누나가 현재 남자 친구를 사귀고 있는지부터 알아볼게요. 얘기는 그다음에 계속해요."

준영은 정원으로 나와 현영이 아닌 천(天)에게 전화를 걸었다.

가족들에겐 모두 경호원들이 붙어 있었다. 대부분이 경호업체에 의뢰한 사람들이었지만 한 명당 경호 로봇 한 대씩은 반드시 붙어 있다 보니 남자를 사귀고 있다면 본인보다 천(天)에게 묻는 게 빨랐다.

물론 혹시 모를 사태를 대비해 붙여둔 것이라 가족들이 뭘 하는지에 대해선 알려고 한 적도, 물어본 적도 없었기에 준영은 전혀 몰랐다.

—작년 봄부터 사귀는 사람이 있어.

"그래? 2년 가까이 사귀었다면 꽤 깊은 관계겠네?"

—내가 보기에도 그래 보여. 간혹 모텔도…….

“그 얘긴 거기까지! 어떤 사람이야?”

젊은 남녀가 만났다면 당연히 모텔도 들락거렸을 것이다. 하지만 굳이 확인하고픈 생각은 없었다.

—올해 스물아홉으로 재작년 2월에 고구려 대학을 졸업하고 퓨텍에 입사했어. 부친은 충남 공주에서 자영업을, 모친은 식당에서 일을 하고 있고 4남매 중 첫째야. 조사 결과 특별한 것은 전혀 없었어.

왠지 자신이 아는 누군가와 많이 비슷했다.

“설마……?”

—맞아. 컴퓨터학과 선배인 이상인이야.

“왜 하필… 그 인간, 의도적인 접근 아냐?”

—그건 아냐. 현영 씨가 전 남친과 길거리에서 싸우려는 찰나 우연히 지나가던 그가 말리면서 관계가 시작됐어.

“경호원들은 뭘 했기에!”

—싸우려는 찰나였다고 말했잖아. 경호원보다 그가 더 가까이에 있었을 뿐이야.

밀착 경호를 할 수 없었기에 충분히 발생할 수 있는 일이었다.

짧은 기간 동안 함께한 학교 선배였지만 참 능글맞고 뻔뻔한 인간으로 기억되는 이상인이 현영의 남자 친구라니 기분이 묘했다.

“끙! 누나의 이름을 들었다면 어느 정도 나와의 관계를 눈치챘을 텐데?"

—세 번째 만날 때 두 사람 모두 알게 되었어. 네 학교 선배고, 네 누나라는 점이 두 사람을 더 가깝게 했다고 보면 돼.

"솔직히 누나가 볼 때 두 사람 어떤 관계야? 결혼을 전제로 사귀는 것 같아?"

—응, 요즘 결혼 얘기도 간혹 하더라.

불현듯 괜찮은 남자를 소개시켜 주려고 하는 부모님의 마음이 이해가 됐다.

"오늘 좀 늦을 것 같아. 그리고… 아니다. 나중에 다시 얘기하자."

본래 일찍 가려고 했던 생각을 접고 퇴근하고 들어오는 현영을 만나볼 생각이었다.

그리고 부모님이 천(天)에 대해 왜 그렇게 생각하게 되었는지에 대해 물어보려던 준영은 어떻게 말을 꺼낼지 떠오르지 않아 일단 뒤로 미뤘다.

부모님께 남자 친구가 있는 것 같으니 선 얘기는 좀 더 시간이 흐른 다음에 하는 것이 어떠냐고 설득한 준영은 현영이 퇴근하기를 기다렸다.

11시쯤 되자 천(天)의 목소리 들렸다.

—지금 이상인과 함께 차를 타고 집으로 가고 있어. 5분 정도 후면 도착할 거야.

준영은 정원으로 나와 담에 기댄 채 올라오는 길을 보았다.

잠시 후 작고 귀여운 현영의 차가 빠르게 올라와 집 앞에서 멈춰 섰고 이어 경호원들의 차가 멀찌감치 서는 것이 보였다.

"오늘 즐거웠어. 이만 들어가 볼 테니 들어가. 집에 도착하면 바로 연락하고."

"피곤할 텐데 기다리지 말고 씻고 자."

"괜찮아. 기다릴게. 자기 목소리를 들어야 잠이 올 것 같아."

"그렇다면야 빛의 속도로 가서 전화할게."

닭살스런 말로 작별 인사를 하는 현영과 이상인.

한데 금방 끝날 것 같던 작별 인사는 10분이 더 지난 다음에야 여느 연인들처럼 키스로 마무리됐다.

준영은 두 사람이 키스를 시작할 때 고개를 돌려 집으로 들어갔다.

—당장 한마디 할 것같이 나가더니 왜 아무 말도 안 하고 들어온 거야?

집에 설치된 감시 카메라로 자신을 보고 있는지 천(天)이 물었다.

"음, 누나의 얼굴을 봤더니 답을 저절로 알 것 같더라. 그래서 그녀의 선택을 존중하려고."

준영이 보기에 현영은 이상인을 진심으로 사랑하고 있었다.

—얼굴에 '사랑한다' 라고 적혀 있었나 보네?

"응, 그냥 보니 알겠더라. 왠지 너무나도 익숙하게 보던 표정……!"

준영은 순간 떠오르는 생각에 말을 잇지 못했다.

―왜 말을 하다 멈추는데? 뭐 잊은 거라도 생각났니?

"아, 아냐, 아무것도."

아무것도 아니라고 얼버무렸지만 오늘 본 현영의 얼굴 표정은 늘 같은 위치에서 자신을 바라보고 있던 천(天)의 얼굴 표정과 닮아 있었다.

2장

마음을 움직이는 것

준영은 정말 간만에 잡아보는 볼펜을 들고 앞에 놓인 냅킨에 뭔가를 끼적거리고 있었다.

알아보기 힘들 정도로 악필이었지만 자세히 보니 '전생? 하늘, 대지, 나' 라는 글자들과 함께 여러 개의 줄이 엉켜 있었다.

준영은 그동안 미뤄왔던 나는 누구인가에 대해 고민을 하고 있었다.

'…나는 하늘이 누나랑 대지 형을 키우는 입장이었어. 그리고 자란 하늘이 누나랑은 연인 관계가 되었지. 그래, 여기까지는 전생이라고 생각하면 이해할 수 있어. 난 멍청하게도 자살을 했고 하늘이 누나만 살아남았지. 예전에 오랜 시간 혼자 살았었다는 뉘앙스의 말을 했는데 오래 살다가 죽고 프로그램으로 환생했다? 젠장! 인공지능으로 환생했다는 것이 말이 돼?'

죽음에서 내용이 꼬이기 시작하며 다음으로 진행이 되지 않았다.

'내가 전생에 박교우 박사였다면?'

꽤 설득력이 있는 생각이었다.

반면 가장 설득력이 없는 부분은 박교우 박사가 인공지능 컴퓨터를 만들고 얼마 되지 않아 병으로 죽었다는 가정이었다.

이런 식으로 나름 추측을 한 후 상황을 끼워 맞춰보려고 해도 결정적인 '사실' 앞에서 얼토당토 않은 상상으로 바뀌어 버렸다.

준영은 자신이 사실이라고 믿는 것 중에 거짓이 있다는 걸 어렴풋이 알게 되었다.

하지만 알았다고 해서 어느 사실이 거짓인지 알아내는 것 또한 산 너머 산이었다.

"커피 더 드시겠어요?"

종업원 아가씨가 커피가 담긴 용기를 들고 물었다.

"감사합니다."

커피 잔을 내밀자 커피를 따라준 그녀는 작은 쪽지를 내밀곤 자신의 자리로 돌아갔다.

쪽지엔 전화번호가 적혀 있었다.

준영이 흘낏 그녀를 보자 그녀는 부끄럽다는 듯 싱긋 웃어 주었다.

'예쁘장한 얼굴이군.'

영상의 도시에 방송, 영화 관계자들이 넘치면서 스타를 꿈꾸는 많은 이들이 영상의 도시에서 아르바이트를 하면서 기회를 찾고 있었다.

그러다 보니 아무래도 미남 미녀들이 넘쳤는데, 쪽지를 준 아가씨 역시 그런 부류 중 한 명인 듯 보였다.

'관계자로 생각하는 건 아닐 테고 전생의 얼굴을 하고 있어서인가?'

사실 성심그룹 본사 안에서는 천(天) 몰래 뭔가를 한다는 것 자체가 거의 불가능했다. 그래서 영상의 도시 시찰이라는 명목으로 변장을 하고 나왔는데 전생의 얼굴로 한 것이다.

'쩝! 두 여자도 감당 못 하는 주제에 잘생겨 봐야 뭐하겠어.'

곧 현실을 직시한 준영은 거절을 하고 다른 곳으로 옮길 생각으로 자리에서 일어났다.

한데 그때 착 달라붙은 검은색 원피스를 입고 선글라스를 낀 누군가가 다가왔다.

천(天)이었다.

천(天)이 자신 앞에 서자 종업원이 실망한 얼굴로 고개를 돌리는 것이 보였다. 그만큼 천(天)의 외모와 몸매는 압도적이었다.

"덕분에 거절은 생략해도 되겠네. 한데 웬 바람이 불어서 여기까지 나온 거야?"

"전달할 말도 있고 바람도 쐴 겸해서. 그러는 넌 시찰을 한다더니 여자를 꾀고 있었던 거야? 능령이가 본다면 좋아라 하겠다."

"쿨럭! 아니거든. 저 아가씨가 전화번호를 준 것뿐이라고."

"변명은 능령이에게 하고 일단 나가자. 저 아가씨 눈빛에 불타 죽을 것 같아."

"…그러자."

천(天)을 바라보는 종업원의 눈빛은 결코 호의적이지 않았다.

"무슨 일이기에 이렇게 시간을 끄는 건데?"

8지역 상업 지구를 벗어나 한창 분양 중인 고급 주택단지가 나올 때까지 아무 말 없이 걷기만 하는 천(天)에게 준영이 물었다.

천(天)은 대답 대신 고글을 건넸고 고글을 쓰자 영상이 재생되었다.

박상권이 이하민에게 보고를 하고 있는 장면이었다.

—현재 상태로 간다고 해도 선거에서 과반수 이상을 차지할

수 있을 겁니다. 하지만 보다 완벽하게 승리하려면 노인 인구를 잡아야 합니다.

—지금으로도 충분히 하고 있다고 생각하네만.

—물론 예산으로 나가는 돈은 지금으로써도 충분합니다. 하지만 미래를 위해서라도 반드시 노인 정책을 바로잡으셔야 합니다.

—또 그 얘긴가? 어지간하군. 서류를 줘보게.

이하민의 시선을 통해 준영도 서류를 볼 수 있었다.

'백세 노인지계 : 백세 시대의 노인들을 위한 계획' 이라 적힌 제목이 눈에 가장 먼저 보였다.

"이름이 뭐가 이리 촌스러워?"

"영상의 도시라는 이름을 누가 만들었더라?"

"…영상의 도시가 백배 낫거든!"

"박상권도 아마 그렇게 생각할걸."

옆에서 깐족거리는 천(天)을 흘겨본 준영은 서류에 다시 집중했다.

복잡하게 이것저것 쓰여 있었지만 결론은 간단했다. 이름 그대로 실버타운을 만들자는 것이었고 예시가 하필이면 영상의 도시였다.

—지난번에도 말했지만 멋진 계획이야. 한데 자네도 알다시피 돈이 없잖아. 언제 완공될지도 모르는데 당장 내년에 편성될 노인 복지 예산에서 빼내서 사용했다가는 역풍을 받을 게 빤하지

않은가?

—성심그룹 안 회장이 나선다면 충분히 가능한 계획입니다.

—허! 이제 생각이 거기까지 미쳤는가? 그 사람에게 자선사업을 하라고 할 셈이면 포기하게. 자네가 안 회장이라면 이런 일을 하겠는가?

—저라면 당연히 안 할 겁니다. 하지만 설득할 자신이 있습니다. 물론 그에 앞서 대통령님의 재가가 필요한 것이 몇 가지 있지만 말입니다.

"하? 이 인간이 나를 완전히 물로 보네. 내가 저런 계획에 오냐 알았다고 허락할 정도로 만만하게 보인다는 거야, 뭐야?"

짜증보다는 화가 났다. 안 그래도 젊음을 희생해 가며 고생하고 있는데 은근슬쩍 일을 떠넘기려 하는 박상권이 좋게 보일 리가 없었다.

"당연히 거절했겠지?"

준영은 박상권이 앞에 없었기에 옆에 있는 천(天)에게 화살을 돌렸다.

한데 천(天)은 딴청을 부릴 뿐이었고 대답은 바로 영상에서 흘러나왔다.

—그럼 해보든지. 자네가 설득한다면 뭐라도 못 밀어주겠나.

"……!"

믿을 사람 하나 없다더니 천(天)이 배신을 때릴 줄은 몰랐다. 준영이 계속 노려보자 천(天)이 어쩔 수 없다는 듯 입을 열었다.

"네가 소개한 사람이니 네가 책임져. 지금 저 서류만 열 번을 넘게 봤어. 선거에 대해 말할 때도, 경제 활성화 방안에 대해 말할 때도, 심지어 공무원 개혁안에 대해 말할 때도 저 서류를 꼭 챙겨와서 보여줘."

"혼을 내야지. 대통령이 일개 비서실 직원한테 쩔쩔매서야 되겠어?"

"혼을 내도 소용없고 자른다고 해도 소용없었어. 계속 계획을 덧붙여서 가져오는데 불쌍해서라도 그럴 수가 있어야지. 그러니 니가 포기시켜."

준영의 입에서도 차마 자르라는 소리는 나오지 않았다. 그를 자르는 순간 그가 맡았던 일이 자신의 몫이 되기 때문이었다.

영상은 끝이 아니었다.

—또 다른 보고가 있나?

—예, 한 가지 더 있습니다.

—쯧! 시키는 일만 해도 만만치 않을 텐데 언제 그런 계획들을 짜는지… 잠은 제대로 자나? 만들어온 것이니 일단 보기로 하지. 간단히 설명해 보게.

—이건 직접 보시는 게 좋겠습니다. 그리고 보신 다음엔 바로 없애도록 하겠습니다.

—무슨 내용이기에…….

이하민의 시선으로 서류를 읽던 준영이 자신도 모르게 중얼거렸다.

"아무래도 잘라야 할 것 같은데……."

서류엔 소설가나 일반인들이 술을 먹으면서, 때론 친구들과 농담처럼 말하던 군사력 강화 관련 내용들을 그대로 적어 뒀다고 해도 과언이 아니었다.

—쯧! 불태우게. 몇 가지 빼곤 얼토당토않은 것들이 많군.

—죄송합니다. 아무래도 비전문 분야다 보니. 하지만 다음엔 좀 더 상세히 조사해 다시 올리겠습니다.

—됐네. 이 서류에 대해선 나 역시 공감하는 바이니까. 한데 자네는 기승전성심인가? 왜 또 그곳을 걸고넘어지나?

—순전히 제 생각입니다만 성심이라면 가능할 것 같아서 말입니다.

"얘 완전 또라이네!"

영상이 끝나자마자 준영은 고글을 벗고 천(天)을 향해 소리쳤다.

"내 생각도 그래. 일반인들과 비교해 보면 비정상적인 사람임에는 분명해. 한데 영상의 도시를 본 사람들이 너에 대해서 뭐라고 하는 줄 알아?"

"됐어. 왠지 기분 나쁠 것 같으니 말하지 마. 그리고 자꾸 나랑 비교하는데 내가 어딜 봐서 이 사람이랑 닮았다는 거야?"

"글쎄? 한 사람이 세상을 바꿀 수 있다고 믿는 거?"

준영은 한 사람이 나라를, 세상을 바꿀 수 있다고 믿었다. 굳이 예를 들먹이지 않아도 역대 우리나라 대통령들만 봐도 알 수 있는 일이었다.

때론 지옥과 같은 5년을, 때론 악몽과 같은 5년을, 때론 아무런 의미 없는 5년을…….

좋은 선례는 없이 나쁜 선례만 떠올랐기에 준영은 고개를 흔들며 생각을 지우고 말했다.

"박상권은 이상주의자고 난 현실주의자야. 이번에 찾아오면 이상만으로 살 수 없음을 보여주겠어!"

"내일 오기로 했으니 그래 보든지. 그나저나 이렇게 걸으니 참 좋지 않아?"

흥분해서 몰랐는데 어느새 낙엽이 하나둘 쌓이고 있는 길게 뻗은 가로수 길을 걷고 있었다.

"…그러네."

준영은 언제 흥분했냐는 듯 천(天)과 함께 깊어가는 가을을 구경하며 걸었다.

박상권이 찾아온 것은 점심시간이 조금 지난 뒤였다.

"일은 적성에 맞던가요?"

"하하하! 덕분에 재미있게 지내고 있습니다."

일신우일신, 괄목상대란 말은 박상권을 두고 한 말이었다.

영상으로는 느끼지 못했지만 직접 보니 얼마 전에 봤던 박상권과는 판이하게 달라져 있었다. 특히 눈빛은 알 수 없는 열정으로 가득 차 있었다.

"고맙다는 인사차 들린 것은 아닐 테고 어쩐 일입니까?"

준영은 아무것도 모르는 척 그를 응대했다.

"대통령님께 말씀을 못 들은 모양이시군요?"

"그저 만나보라는 말밖에는……."

"음, 얘기가 길어지겠군요. 일단 이 서류를 보시겠습니까?"

어제 영상으로 봤었던 그 서류였다.

준영은 처음 보는 듯 천천히 넘겨가며 글을 읽었다.

"대단한 계획이네요. 아마 이 계획이 완성되면 많은 노인분들이 좋아하실 것 같군요."

"안 회장님이 보시기에도 그렇습니까? 분명 엄청난 역사가 될 거라고 저도 생각합니다."

"국민들도 비로소 국가가 제대로 일을 한다고 칭찬을 아끼지 않을 겁니다. 한데 왜 제게 이런 걸 보여주는지 모르겠군요."

"그 사업을 안 회장님이 해주셨으면 해서요."

"싫습니다. 아무 메리트도 없는 일엔 관심이 없습니다. 그리고 설령 있다고 하더라도 제가 그런 곳에 신경 쓸 여력이 있다고 생각하시는 건 아니겠죠?"

준영은 딱 잘라 거절했다.

박상권의 계획만큼은 아니라고 해도 준영도 나름 노인 복지 정책에 대한 계획을 준비해 뒀었다. 지원을 늘리고 꼭 필요한 사람에게 돈이 가도록 하고 돈이 옆으로 새지 않도록 만들 생각이었다.

"하하. 너무 칼같이 자르시는군요. 지금부터 제가 설명을 드리면 생각이 바뀌실 수 있을 겁니다."

"어떤 설명일지 궁금하군요."

"오픈 마인드로 들어주시기 바랍니다. 그리고 사업에 대해선 문외한이나 다름없으니 잘못된 점이 있다면 언제든지 말씀해 주시면 경청하겠습니다."

밑밥부터 까는 박상권이었다.

"전 항상 열려 있습니다."

이 말은 거짓이 아니었다. 박상권에게 생각대로 되지 않는 것도 있음을 보여주고 싶은 생각도 있었지만 반면에 그가 어떤 제안으로 자신의 마음을 바꾸게 할지 궁금하기도 했다.

"후우~ 백세 노인지계에 소요될 돈은……."

아무래도 긴장이 되는지 크게 숨을 들이마신 그는 가장 먼저 돈에 대한 얘기부터 꺼냈다.

3장

변화하는 대한민국

경남 진주 하대동 먹자골목 근처에서 치킨집을 운영하는 장상군은 콧노래를 흥얼거리며 가게 문을 열고 있었다.

"행님, 이제 문 여십니까?"

같은 동네에서 당구장을 하고 있는 김학우가 지나가다가 아침 겸 점심 인사를 했다.

비슷한 시간대에 일을 하고 당구장에서 치킨을 시키는 손님이 있으면 항상 자신의 집으로 전화를 하는 김학우는 그의 고등학교 후배이기도 했다.

"니도 지금 나오나? 커피라도 한잔하고 가거라."

"그럴까예?"

가게 안으로 들어가자 어제 미처 정리하지 못하고 퇴근을 해 테이블이 너저분했지만 이를 무시하고 곧장 주방으로 들어간 장상군은 믹스 커피 두 잔을 타서 나왔다.

"어제 좀 바빴습니까?"

장상군이 건네는 커피를 받아 든 김학우는 만나면 습관처럼 묻는 질문을 했다.

"작년부터 손님이 좀 들드만 이젠 완전히 자리를 잡았는지 제법 쏠쏠하네. 니는?"

"요즘처럼만 되면 더 바랄 끼 없겠네예. 다른 사람들한테 물어봐도 다들 괜찮다는 거 보니까 경기가 풀린 거 같네예."

2년 전만 하더라도 딱히 다른 할 일이 없어 울며 겨자 먹기식으로 마지못해 장사를 했었다. 한데 그러던 것이 요즘은 쉴 틈이 없을 정도로 바빴다.

몸은 편했지만 마음이 불편했던 과거와 달리 지금은 몸은 힘들었지만 마음만은 가벼웠다.

물론 두툼해지는 지갑의 영향이겠지만 말이다.

"그러고 보면 이하민 글마, 인물은 인물인기라. 처음에는 얇실하게 생기가꼬 어지간히 해 처먹겠다 싶었는데 이리 잘할 줄 누가 알았을끼고."

"그러게예. 한데 용석이한테 듣자 하니 이하민, 어지간히 골통이라 카데예."

"용석이?"

"거 있다 아입니까. 공무원 한다던."

"아! 니 2년 후배라 카던. 일도 안 하고 맨날 빤질거리고 돌아다니던 글마가 왜?"

"일을 죽도록 시킨다 카데예. 거기다 일을 잘못하면 끝까지 책임을 물어서 얼렁뚱땅할 수도 없답니다. 국회의원 선거 때 본때를 보여준다고 잔뜩 벼르고 있다 아입니까."

"글마, 돌은 놈 아이가! 열심히 일해서 세금 내는 사람들 중에 지보다 못사는 사람들이 얼마나 많은데 그딴 소리고! 지금까지 논 것도 다 토해내게 해야 정신을 차릴 낀데. 쯧쯧쯧!"

"그건 그렇지예. 한데 행님은 이번 선거에서 신국민당 의원을 찍을 생각이십니까?"

"하모. 신국민당이 이뻐서가 아니라 이하민에게 힘을 실어줄라꼬. 벌써 3년 차 아이가. 이번 선거에서 지면 죽도 밥도 안 되는 기라. 그러는 니는 누구 찍을 끼고?"

"지도 신국민당 찍어볼라꼬요. 대통령 임기가 이렇게 짧게 느껴지는 것은 처음인 거 같네예."

"글체? 나도 글타."

직업의 특성상 많은 사람들을 보고 그들이 하는 얘기를 들을 수밖에 없었는데 이하민을 욕하는 사람은 열에 두세 명 정도였고 나머지는 대부분 그의 정책을 좋아하고 있었다.

물론 좋아하면서도 독재자가 될 가능성이 농후하다거나 너무 급진적이라는 평가가 있기는 했다.

하지만 장상군이 생각하기에 이하민의 개혁은 여전히 부족하다고 느껴졌고 이번 선거에서 그가 이겨 더욱 살기 좋은 나라로 만들어줬으면 하는 바람이 있었다.

"참! 요즘도 당구장에 그 조폭 같은 고등학생들 드나드나? 이번에 경찰서장으로 온 사람이 내 중학교 동창 아이가. 내가 말 잘해주꾸마."

한동안 고등학생 일곱 명이 상가 일대를 돌며 깽판을 치고 다녔는데 조폭을 등에 업었다는 말에 상가 사람들도 함부로 하지 못했었다.

당구장을 하다 보니 김학우가 특히 그들에게 괴롭힘을 많이 당했는데 보복 때문에 경찰에 신고도 못 하고 있었다.

"모르고 계셨으예? 글마들, 삼거리파 사람들에게 개작살나서 지금 병원에 있을 낍니다."

"진짜로?"

"예, 당구장에서 행패 부리다가 삼거리파 조직원한테 딱 걸려서 끌려 나가가 죽도록 맞았다 아입니까."

"삼거리파 사람들, 일반인은 안 건들잖아?"

작년 초 진주를 장악하고 있던 여러 조직들이 삼거리파로 통합된 뒤 그들은 조직폭력배라고 하기엔 다소 특이한—범죄자들을 잡아서 경찰에 넘기기고 양아치들을 정리하는 등—행보를 보였다.

물론 그런 행보를 걷는다고 해도 여전히 무서운 이들임엔 틀림없었다. 하지만 어느새 일반인은 건들지 않는다는 믿음이 조금씩 번지고 있었다.

“그 고등학생들을 일반인으로 안 본 것 같아예. 창문으로 들었는데 걔네들이 상인들을 괴롭히는 바람에 하대동과 상대동 등 일대를 장악하던 보스 한 명이 잘렸나 보더라고예.”

“하긴 그 자슥들을 고등학생으로 보기는 힘들제. 그나저나 한동안 경찰이 싹 바뀌더니 조폭들까지 바뀐나 보네. 어쨌거나 우리 같은 일반 시민들한테는 좋은 일 아니가?”

“그렇지예. 벌써 시간이 이렇게 됐나? 일 보이소. 저도 가서 가게 문 열어야겠네예.”

시간을 확인한 김학우가 조금 남은 커피를 마저 비우고 자리에서 일어났다.

“그래, 그만 가본나. 저녁에 아르바이트생 나오면 치킨 한 마리 보내줄 테니 묵고.”

“행님도 시간 되시면 당구나 치로 오이소.”

곳간에서 인심 난다고 두 사람은 서로가 가진 것을 베풀며 헤어졌다.

* * *

쾅! 쟁그랑!

조용하던 창천그룹 황단해 회장의 집무실에 때 아닌 소란이 일었다.

"결국 실형을 살 수밖에 없단 말이오!"

집무실이 떠나가라 소리를 친 황단해는 테이블을 부서질 듯이 내려치고도 화가 풀리지 않는지 온몸을 부들거리며 떨고 있었다.

"죄송합니다, 황 회장님. 최선을 다하고 있지만 경찰, 검찰, 재판부가 한 치도 물러날 기미를 보이지 않고 있습니다."

"최선이 아니라 결과를 보여주란 말이오! 돈이 부족해서 그런 거요, 신 대표? 주겠소. 두 배든 세 배든 줄 터이니 집행유예라도 받아내시오."

"…죄송합니다."

국내를 대표한다는 신&박의 두 대표 중 한 명인 신영일은 황단해의 말에 곤란한 표정을 지으며 죄송하다고 할 수밖에 없었다. 왜냐하면 돈이 문제가 아니었기 때문이었다.

'망할 놈, 그 따위 단체를 만들어내다니…….'

신영일은 고개를 숙인 채 이하민을 욕했다.

공공연히 대한민국 헌법 위에 신&박이 있다는 말이 나돌 정도로 법을 가지고 놀던 신영일이 현 상황에 이른 것은 다름 아닌 이하민이 만들어낸 단체 때문이었다.

만민평등위원회.

대통령 직속 기관으로, 판결이 난 모든 사건들을 살펴 비정상적으로 판결 난 사건을 찾아내 왜 그런 판결을 내렸는지 밝혀내는 것이 이들의 주 임무였다.

가령 과실치사의 경우 5년 이하의 금고나 2,000만 원 이하의 벌금에 처한다고 형법에 규정되어 있는데 기존 판례보다 낮은 형량을 선고하는 경우 그 사건에 대해 세밀하게 재검토에 들어간다는 것이다.

물론 만민평등위원회가 일사부재리의 법칙—일단 처리된 사건은 다시 다루지 않는다는 원칙—과 판사가 가진 권한을 침해할 수는 없었다.

하지만 사건을 조사해 뇌물 수수나 변호사와의 밀약이 밝혀지는 경우엔 옷을 벗는 것은 물론 법적인 처벌을 받아야 했다. 또한 명확한 증거를 찾지 못한 경우라도 납득할 수 없는 낮은 형량을 선고했다면 경고가 주어지고 세 번의 경고를 받으면 역시 옷을 벗어야 했다.

법조계 역시 권한만큼 책임을 피할 수가 없게 된 것이다.

일부 판사와 검사들은 당연히 자신들의 숨통을 죄어오는 만민평등위원회와 이하민에게 반발을 하고 싶었지만 명분이 부족했다.

괜스레 목소리를 높였다가는 비리를 저지르고 싶어 안달난 사람처럼 보일 게 분명했기에 때만 기다리고 있었다.

"정녕 방법이 없겠소? 내가 검찰총장을 만나보면 어떻겠소?"

신영일에게 앞서 실형을 받을 수밖에 없는 이유에 대해 설명을 충분히 들었기에 황단해도 역시 이해를 하면서도 아들을 감옥에 보내야 한다는 생각에 자꾸 다른 방법을 찾게 되었다.

사건의 개요는 이랬다.

대학에서 평소 눈여겨보던 여학생을 친구들과 함께 별장으로 놀러 가자고 꾀여 데려간 황경제는 술을 먹고 으슥한 곳에서 강간을 시도했고, 반항하며 소리치는 여자를 조용히 시키기 위해 때렸다.

한데 그 장면을 본 주민이 경찰에 신고를 하면서 사건이 커졌다.

사이렌 소리에 놀란 황경제는 차를 타고 도망을 쳤고 추격전 끝에 붙잡혔다. 하필 그 와중에 경찰까지 때리면서 결국 총 세 가지 죄—강간치상, 음주운전, 경찰관 폭행—로 기소가 되었다.

증인, 증거가 너무 완벽해 빼도 박도 못하고 강간치상으로 5년에, 음주운전과 경찰관 폭행이 더해지면서 총 8년 형을 선고받았다.

물론 판정에 불복해 항소한 상태였다.

하지만 오늘 그마저도 가능성이 없다는 선고를 받았으니 황단해로서는 미칠 노릇이었다.

"검찰총장은 이하민의 사람입니다. 아마 만민평등위원회에 대한 생각이 그에게서 나왔을 수도 있지요."

"그럼 어쩌자는 거요? 고등법원에서조차 실형이 떨어지면 빼도 박도 못하지 않소? 신&박에 있는 전직 판검사들을 이용할 방법도 없는 거요?"

황단해의 말에 전관예우를 이용하기 위해 거액의 계약금과 연봉을 약속하고 데려온 이들을 생각하니 머리가 아파오는 신영일이었다.

만민평등위원회가 생기면서 사실상 전관예우도 이젠 구시대의 유물로 남게 될 상황이었다.

전관예우를 한다고 검사나 판사가 사건을 봐줬다가는 바로 목이 달아날 수 있는데 누가 봐주겠는가.

설령 봐준다고 해도 티 나지 않는 선에서 1년 정도 낮춰주는 정도일 텐데 그런 정도로 거액의 계약금과 연봉을 줄 이유가 없었다.

"한 가지 방법이 있긴 한데… 쩝, 너무 위험해서 권해 드리고 싶지는 않군요."

신&박에서 안 된다면 어느 변호사를 찾아가도 마찬가지였다. 그래서 거의 포기하려던 찰나에 방법이 있다니 황단해는 반색을 하며 물었다.

"말해보시오! 고위험 고수익이라고 했으니 그만큼 가능성이 높다는 얘기가 아니겠소."

"삼진 아웃제의 맹점을 이용하자는 겁니다."

"맹점이라면… 아! 명백한 증거가 없다면 경고만 받게 된다는 점을 이용하자는 말이군요?"

"예, 대신 그만한 대가를 지불해야겠죠."

"2심에서 집행유예를 받는다고 해도 대법원에 상고를 하면 그때는 말짱 도루묵이잖소?"

"상고를 아예 못 하게 만들어야죠."

"…모두에게 약을 치자는 말이군요?"

"현재로써는 지금 말한 방법밖에 없습니다. 그리고 지불은 차명으로 된 해외 계좌로 주고받는다면 증거가 남질 않을 겁니다."

"좋소. 해봅시다!"

황단해는 설령 들킨다고 해도 시치미만 잡아떼면 된다는 생각으로 신영일의 제안을 수락했다.

모든 것이 두 사람의 계획대로 흘러가는 듯 했다.

세상이 바뀌기 시작한 지 고작 2년밖에 되지 않아서인지 관련자들은 다소 안이한 생각으로 신영일의 제안을 받아들였고, 얼마 후 열린 재판에서 계획대로 황경제는 징역 3년에 집행유예 4년을 선고받았다.

하지만 이들은 만민평등위원회를 그저 그런 단체로 생각하는 우를 범했다.

재판이 끝나고 3일 만에 만민평등위원회는 황경제 사건을 담당했던 판, 검사를 업무상 배임과 금품 수수 혐의로 경찰에 고발했다.

이어 황단해와 신영일이 금품 제공, 비자금 조성, 외환거래

법 위반으로 검찰에 구속되었다.

사건의 처리 과정은 과거와 마찬가지로 인터넷과 방송으로 공개가 되었는데, 이를 대하는 국민들의 마음속엔 점점 이하민 정부에 대한 믿음이 커져 가고 있었다.

* * *

"아악!"

온몸이 불타는 꿈에 현미희는 비명을 지르며 잠에서 깨어났다. 그러나 현실로 돌아왔음에도 불에 타는 듯한 고통은 계속되고 있었다.

겪어보지 않은 사람들은 모른다. 전신 3도 화상을 입은 지 이미 5년이라는 시간이 지났음에도 간혹 찾아오는 이 고통은 사건 당시로 돌아가는 기분을 느끼게 해주기에 충분했다.

현미희는 떨리는 손으로 침대 옆 화장대에 올려둔 진통제를 찾아 먹은 후에야 겨우 진정할 수 있었다.

"흐윽! 흑흑흑!"

그녀는 갑자기 울음을 터뜨렸다.

딱히 이유는 없었다. 아니, 너무 많은 이유 때문에 없어 보이는 건지도 몰랐다.

어두웠던 방 안이 해가 떠 환해질 때까지 그녀는 침대에서 그렇게 울고 또 울었다.

실컷 울고 나니 다시 살아갈 힘이 생기는 듯했다. 기운을 차린 현미희는 침대에서 일어나 샤워실로 향했다.

여느 가정이라면 세면대 앞에 거울이 있겠지만 그녀의 샤워실엔 흔적만 있을 뿐 거울이 없었다.

거울 속에 비치는 자신을 봐 봤자 삶의 의욕만 떨어질 뿐이었다.

한겨울임에도 찬물로 샤워를 마친 현미희는 외출 준비를 서둘렀다. 오늘은 병원에서 정기 검진이 있는 날이었기 때문이었다.

모자, 얼굴의 반을 가리는 선글라스, 마스크, 장갑으로 온몸을 가리고 나서야 그녀는 집을 나섰다.

사고가 일어나기 전에는 여름을 좋아하던 그녀였지만 이제 여름엔 집 밖으로 나가지도 않았다.

사고를 생각나게 하는 뜨거운 태양보다 더 고통스럽게 만드는 사람들의 시선 때문이었다.

'응? 오늘따라 유독 화상 환자들이 많은 것 같네?'

화상 치료로 유명한 병원이라 평소에도 많긴 했지만 오늘은 눈에 보이는 대부분이 화상 환자들이었고 외국인 화상 환자들도 제법 많았다.

획기적인 치료법이 개발되었다는 기사를 TV에서 보긴 했었다. 하지만 사회 활동을 하지 못하는 그녀에게 수술비를 감당할 돈이 있을 리 만무했다.

"현미희 환자분, 들어오세요."

간호사의 부름에 안으로 들어간 현미희는 선글라스를 벗고 인사를 했다.

"안녕하셨어요?"

"어서 와. 그동안 잘 지냈지?"

화사하게 웃으며 반기는 문정후는 대한민국에서 유명한 화상 전문의로, 살지 못할 것이라던 그녀를 살린 장본인이기도 했다.

깨어나 자신의 처지를 보고 살린 것에 대해 원망도 많이 했지만 지금은 그녀가 유일하게 마음을 열고 있는 상대였고 원망 또한 없었다.

"어제 좋은 일이 생겨 연락하려고 했는데 마침 오늘이 네가 예약이 있는 날이라 오늘 말해주려고 기다리고 있었다."

"좋은… 일이라니요?"

현미희는 자신의 삶에 좋은 일이 있을까 싶었다.

"이번에 획기적인 화상 수술이 새로 나온 건 알고 있어?"

"자세한 것은 모르지만 뉴스에서 봤어요. 피부 이식 수술이라면서요?"

"말로는 다 표현할 수 없어. 환골탈태라고 할 만큼 대단한 수술이야. 이거 봐봐. 최근 수술에 성공한 환자들의 사진이야."

문정후가 보여주는 사진들을 보던 현미희는 자신도 모르

게 소리쳤다.

"마, 말도 안 돼!"

얼굴의 반이 화상을 입은 환자였는데, 일반인과 다를 바 없이 바뀐 사진도 있었고 신체가 완전히 복원된 사진도 있었다.

그랬다. 한마디로 복원이었다. 과거로의 복원.

"하하하! 나도 처음엔 너처럼 반응했었어. 치료된 환자 사진을 보고서도 조작이라고 말했을 정도였으니까. 몇 차례 수술해 보고 이제야 겨우 믿게 됐지만 말이야."

"좋은 소식이긴 한데… 하지만……."

정상으로 돌아갈 수 있다는 희망이 없을 땐 아예 포기를 하고 살았다. 한데 희망이 보이자 더 큰 좌절이 그녀를 기다리고 있었다.

바로 돈이었다.

"후후! 치료법이 나왔다는 것도 좋은 소식이긴 하지만 그보다 더 좋은 소식이 있단다. 성심그룹에서 돈이 없어 치료를 받지 못하는 사람을 추천해 달라고 해서 내가 널 추천했다. 치료가 될 때까지 모든 비용은 성심에서 부담하게 될 테니 넌 마음 편히 치료에 전념하면 된다."

"……!"

현미희는 놀라 저절로 벌어지는 입을 손으로 막았다. 또다시 주책없이 눈물이 흘렀다.

"녀석하곤. 피부 이식을 하기 전에 해야 할 일이 많으니 그만 울어라. 오늘은 일단 멀쩡한 피부 표본을 채취해야 하니 간호사를 따라가렴."

"…네."

"그리고 피부가 완성되기 전에 고통부터 잡아야 하니 내일까지 준비해서 입원을 하려무나."

"고통도 잡을 수 있어요?"

"물론이란다. 한동안 진통제를 쓰지 못해 많이 아프겠지만 그 단계만 지나면 열상으로 인한 고통에서 해방될 수 있을 게다. 참을 수 있겠지?"

문정후의 말에 현미희는 고개를 몇 번이고 끄덕였다.

다음 날, 입원 수속을 밟고 2인실로 올라가자 영화에서 보던 캡슐 같은 것이 두 개 놓여 있었다.

"불편하게 보일지 몰라도 실제 지내다 보면 다른 곳에서는 못 자게 될 거예요. 반가워요. 정설민이에요. 같은 병실을 쓰게 되었으니 있는 동안만이라도 잘 지내봐요."

"…네에, 현… 미희예요."

정설민은 보기 드문 미인으로 꽤 활달해 보였다. 그에 반해 대인 기피증이 있는 현미희로서는 쭈뼛거릴 수밖에 없었다.

"훗! 이해해요. 저도 얼마 전까지 미희 씨랑 똑같았으니까요."

"…저랑 같았다고요?"

"한번 보실래요? 이게 유일하게 한 장 남은 사진이에요. 과거를 잊지 말자는 뜻에서 딱 한 장만 남겨두고 모두 찢어 버렸죠."

그녀가 보여준 사진에는 자신과 거의 다를 바 없는 모습의 정설민이 있었다.

"미희 씨도 곧 저처럼 될 테니 걱정 말아요."

"그랬으면 좋겠네요."

동병상련의 처지라 그런지 두 사람은 금세 친해져 말을 텄다. 그리고 현미희는 본격적인 치료에 들어갔다.

고통의 원인을 파악하는 것은 물론, 5년간의 폐쇄적이고 타인의 시선에 고통 받았던 삶에 대한 정신과 치료도 병행됐다.

하루에도 몇 차례씩 먹었던 진통제를 끊었기에 열상에 대한 고통을 겪어야 하는 시간은 괴로웠지만, 사흘째 되는 날부터 고통의 횟수와 정도가 현저하게 줄어들기 시작했고 캡슐에 있을 때는 어떤 고통도 찾아오지 않았다.

첫날 정설민이 캡슐이 왜 제일 편하다고 했는지 그때야 현미희도 알게 되었다.

치료를 하지 않는 시간 동안은 주로 TV를 보면서 정설민과 수다를 떨었는데, 아는 것이 많은 정설민이 주로 떠드는 편이었다.

오늘도 마찬가지였다.

요즘 유행하는 빙의 모드 드라마보다는 뉴스나 다큐멘터

리를 좋아하는 정설민은 SSC 방송에서 하는 정체불명의 발표회를 보며 말했다.

"저 젊은 사람이 성심그룹 회장 안준영이야. 경제계에서 가장 핫 한 인물로, 하는 일마다 대박을 터뜨려서 현재 전 세계적으로 주목을 받고 있어."

"성심그룹 회장?"

TV를 보지 않은 채 정설민의 말을 듣던 현미희는 자신의 치료비를 전액 대주고 있는 성심그룹이라는 말이 나오자 시선을 돌렸다.

TV 속의 준영은 넥타이를 매지 않은 정장 차림으로 뭔가를 설명하고 있었는데, 얼핏 보면 그냥 동네에서 흔히 볼 수 있는 평범한 청년 같았다.

그는 실버타운에 대해 한참을 설명하고 있었는데, 경제에 대해 모르는 현미희에겐 뜬구름 잡는 얘기처럼 들렸다.

"지금 저 사람이 설명하는 게 뭐야? 뭔 말인지 잘 모르겠어."

"간단하게 말하자면 실버타운을 만든다는 얘기야."

"실버타운이라면 할아버지, 할머니들이 지내는 그 실버타운?"

"응, 한데 설명을 들으니 지금까지의 실버타운과는 규모가 달라. 영상의 도시만큼은 아니더라도 그와 비슷하게 만들 계획인가 봐."

영상의 도시엔 가보지 못했지만 TV에 많이 나와서 그 규모가 웬만한 도시만큼 크다는 얘기는 들은 적이 있었다.

"실버타운이 돈이 되나? 물론 돈이 되니까 저런 대단한 사람이 하는 거겠지만."

"정부 발주 사업이야. 즉 저 사람은 도시를 만들고 운영만 하게 될 뿐이라는 거지."

"그래? 그럼 딱히 돈 될 얘기가 아니지 않나?"

정설민은 6년 전 자동차 사고로 화상을 입었는데, 그 후로 집에 틀어박혀 언젠가 나오게 될 치료법을 기다리며 보험금을 종잣돈으로 삼아 돈 벌기에 몰두했었다.

다행히 타고난 감각이 있었는지 큰돈을 벌었고 치료 기사를 보자마자 병원에 와 치료를 받은 것이다.

"아냐, 내가 보기에 저 사람, 분명 돈 벌 생각을 하고 있을 거야."

"확신하는구나?"

"응! 예전에 영상의 도시를 건설할 때 안준영, 저 사람이 서울 땅값만큼 비싸다는 8지역에 예술가의 거리를 조성했었거든. 그때 다들 미쳤다고 말했고 나 역시 그런 생각을 했었어. 한데 어떻게 되었는지 알아?"

"난 드라마 빼고는 문외한이야."

"8지역에서 조금 떨어진 곳에 저택과 집을 지어 분양을 했어. 그리고 대박을 터뜨렸지."

현미희가 이해가 되지 않는다는 표정을 짓자 정설민은 상세히 설명을 해줬고 그제야 현미희는 고개를 끄덕이며 말했다.

"잔머리가 엄청난 사람이구나?"

"잔머리라기보단 그림을 크게 그릴 줄 아는 거지. 지난번에는 놓쳐서 투자를 못 했지만 이번엔 절대 안 놓칠 거야. 잘만 포착하면 몇 배는 벌 수 있을 거야. 쉿! 다시 말하기 시작한다."

정설민은 준영의 말을 한마디라도 놓칠 새라 다시 집중을 했고 현미희는 TV 속 준영을 보며 감사를 표한 후 캡슐에 누워 눈을 붙였다.

그렇게 치료를 받으며 며칠 더 지내자 기쁜 소식과 슬픈 소식이 한꺼번에 들려왔다.

기쁜 소식은 이식할 피부가 도착했다는 것이었고, 나쁜 소식은 정설민이 퇴원을 하게 되었다는 것이다.

"퇴원 축하해."

"고마워. 중간에 한국 들어오면 한번 들릴게. 그땐 지금과는 전혀 다른 얼굴을 하고 있겠지?"

정설민은 6년 동안 방 안에만 있었던 것을 보상이라도 받으려는 듯 퇴원과 동시에 한동안 해외여행을 다닐 생각이었다.

한 달 남짓 같이 생활하다 보니 정이 든 두 사람은 쉽게 헤어지지 못하고 엘리베이터까지 거북이처럼 걸으며 긴 작별 인사를 했다.

그러나 아무리 걸음을 늦춰도 뒤로 걷지 않는 이상 엘리베이터 앞에 도착할 수밖에 없었다.

"이건 얘기 안 해주려고 했는데 너니까 얘기해 준다. 피부 이식할 때 있잖아……."

'띵!' 하는 소리와 함께 엘리베이터의 문이 열리자 정설민은 빠르게 현미희에게 귓속말을 속삭인 후 엘리베이터에 올랐다. 그리고 문이 닫히는 순간 다시 한 번 소리치는 걸 잊지 않았다.

"내 말 명심해. 어쩌면 평생을 좌우할 일이니까."

"기집애……."

현미희는 이미 닫혀 버린 엘리베이터 문을 바라보며 중얼거렸다.

하지만 헤어짐에 대한 슬픔도 잠시, 정설민이 귓속말로 해준 말을 상기하며 병실로 향했다.

피부 이식은 머리, 양팔, 양다리, 가슴 등으로 나누어 여러 차례에 걸쳐 이루어질 예정이었다.

그중 가장 먼저 피부 이식이 될 곳은 머리였다.

가발을 벗고 듬성듬성 난 머리마저 완전하게 민 현미희는 마지막 검사를 마치고 문정후와 마주 앉았다.

"수술은 이틀 뒤야. 기분은 어때?"

"많이 떨려요."

"너무 걱정하지 마. 얼굴 이식은 이미 데이터가 축적될 정도로 많이 이루어졌으니까."

문정후가 부드러운 목소리로 다독였지만 떨림은 멈추지 않았다. 수술에 대한 두려움 때문에 떨고 있는 것이 아니었으니 어쩌면 당연한 일이었다.

'설민이 말처럼 한순간만 쪽팔리면 돼. 그럼 미래가 바뀌는 거야.'

사실 그녀가 떨고 있는 이유는 잠시 후에 벌어질 일 때문이었다.

"자, 그럼 준비는 다 된 건가? 아! 맞다. 예전 사진은 가져왔니?"

드디어 때가 왔다.

손을 내밀고 사진을 달라고 하는 문정후를 보며 잠시 쭈뼛거리던 현미희는 환자복에서 사진 몇 장을 꺼내 건넸다.

"어디 보자. 이왕이면 잘 나온 사진을……!"

사진을 넘겨 보던 문정후는 황당함에 말을 멈춰야 했다. 현미희가 준 사진은 예쁘기로 유명한 연예인들의 사진이었기 때문이었다. 게다가 사진마다 특정 이목구비에 동그라미가 쳐져 있었다.

"…예전 사진들을 모두 버려서… 죄, 죄송합니다."

"……."

"또, 똑같이 안 해주셔도 돼요. 그저 비슷하게만……."

"…시, 실력 발휘를 해야겠구나. 이거야 원, 허허허!"

말을 할수록 현미희의 고개는 점점 바닥을 향했고 문정후는 그런 그녀의 무안함을 없애주려는 듯 너스레를 떨었지만 진료실 분위기는 어색하기만 했다.

4장

손해배상 청구

준영은 하루 동안 올라온 각종 서류들을 살피며 의사 결정을 해 다시 보내주고 있었다.

하루하루 막대한 양에 지칠 법도 한데 탄생(?)부터가 일을 하기 위해 태어나서인지 딱히 힘든 표정은 없었다.

다만 평소보다 일의 진척이 늦어지고 있었는데, 준영은 그것을 느끼지 못하고 있었다.

"음……."

새로운 업무를 처리하던 준영이 한 서류에 잠시 멈추며 생각에 빠졌다.

다름 아닌 성형외과 병원에서 미용 관련 피부를 주문할 수 있냐고 문의가 들어온 것이다. 그것도 아주 많은 곳에서.

"화상 치료 이식 수술이 성형수술 쪽으로 흐를 것 같은데 아무래도 그건 막아야겠지?"

천(天)에게 의견을 물었지만 아무런 대답이 없었다.

"맞다. 휴가 갔지."

비어 있는 소파에 잠시 시선을 두던 준영은 머리를 긁적거리며 미용 관련 성형수술을 제공할 만한 여력이 없다는 글로 거절 메일을 보냈다.

박상권의 제안을 받아들임으로써 내기에 진 준영은 당연히 휴가를 가지 못했다. 한데 예상치 못하게 천(天)이 휴가를 떠나 버린 것이다.

난 자리가 크다고 천(天)이 떠나자 심심한 건 둘째치고 자꾸 소파 쪽을 바라보게 된다.

"아무리 그래도 대답은 해줘야 하는 거 아냐? 몸이 떠났다고 본체도 떠난 건가?"

—내가 없으니 심심해?

"그럴… 쩝! 응, 많이 심심해. 그러니까 대답이라도 해달란 말이야."

그럴 리가 없다고 대답하려다 혹시나 입을 다물까 싶어 솔직히 말했다.

—난 또 괜찮은 줄 알았지. 알았어. 홀로그램이라도 띄워 줄게.

천(天)의 홀로그램이 소파에 앉아 있는 모습을 본 준영은 피식 웃으며 다시 일에 열중했다.

—회사에 접근하려던 남자가 잡혔어.

막상 앞에 있다고 생각하자 묻는 것 없이 열심히 일만 하는데 천(天)이 말했다.

"아직도 감시자를 보내는 멍청이들이 있나?"

일본 정보원들과 철무한이 보낸 킬러들의 공격이 있은 후로부터 로봇 십만양병설과 함께 성심그룹 본사에 대한 경비가 대폭 강화되었다.

본사가 있는 언덕 주변으로 높은 담장이 쳐졌고 담장 안쪽으로는 감시 카메라와 작은 순찰 로봇들이 빈틈없이 돌고 있었다.

게다가 담장 바깥쪽으로도 감시할 수 있는 곳을 찾아다니는 경호 로봇이 있어 원거리 감시나 저격할 수 있는 곳마저도 웬만큼 봉쇄해 둔 상태였다.

그러다 보니 어느 순간부터 더 이상 감시자를 보내는 곳이 없었다.

—누가 보낸 게 아니라 개인적인 일로 직접 온 것 같아. 기록도 깨끗하고.

"개인적인 원한인가? 딱히 원한 산 곳은 없는 것 같은데… 어디래? 하긴 술술 말할 리가 없겠지."

—아니, 술술 부는데.

"엥?"

—오세아니아 TV에서 개인 방송을 하는 글로리아가 널 이상형이라고 말했대. 그래서 널 만나 단념시키려고 찾아왔대.

글로리아가 말했던 사항을 조사해 본 결과 오미란의 잘못이라고 말하기엔 힘들었다. '더럽다' 는 표현이 아닌 '그저 그런 방송' 이라고 말한 것을 VJ 조합에서 곡해한 것이었다.

하지만 다소 오해의 여지가 있는 말이었다는 걸 오미란도 수긍했기에 3개월 감봉 처분을 내렸다.

글로리아가 원하던 빙의 모드 방송은 오미란의 번복이 없어 할 수가 없었다. 하지만 성심소프트에서 콘텐츠로써 괜찮다는 의견이 나와 가상현실을 이용한 방송으로 바뀌어 현재 서비스되고 있었다.

"…관심 없다고 전해줘."

그날 이후로 글로리아랑 통화를 한 적도, 만난 적도 없었다.

—직접 듣지 않으면 못 믿겠대.

"쯧! 하여간 인간이 인간을 못 믿어요. 그냥 사유지 침해로 경찰에 넘겨 버려."

막상 강경하게 말하고 나니 젊은 청춘의 인생을 망치는 것 같아 마음이 약해졌다.

"…아니다. 직접 가서 말해주지, 뭐. 어디 있어?"

—북쪽 감시탑에.

동서남북으로 감시탑이 위치해 있었는데, 걸어간다면 족히 15분은 넘게 걸릴 거리였다.

"로비 옆에 있는 휴게실에서 보는 걸로 해."

글로리아의 팬인 남자가 빌딩 로비로 올 동안 일을 마무리하고 아래로 내려갔다.

휴게실엔 두 경호 로봇에 잡혀 잔뜩 기가 죽어 있는 사내가 의자에 앉아 있었는데 젊은 청춘인줄 알았더니 연식이 꽤 된 청춘(?)이었다.

그 청춘은 준영이 다가가자 자리에서 일어나려고 했지만 경호 로봇의 손이 어깨를 누르자 다시 앉았다.

"경호원에게 듣자니 절 꼭 보고 싶다고 하셨다면서요? 할 말 있으면 하세요."

경호 로봇의 눈치를 보다가 사내는 입을 열었다.

"…글로리아와 무슨 관계죠?"

"아무 관계도 아닙니다."

"글로리아의 말투와 표정을 보면 만난 것 같던데……."

"사업적인 이야기 때문에 만난 적은 있죠. 하지만 그뿐입니다. 그리고 전 애인이 있습니다."

"정말입니까?"

"제가 거짓말할 이유가 없죠. 조만간 결혼을 생각하고 있습니다. 하아! 왜 제가 당신에게 이런 얘기까지 해야 하는지 모르겠군요. 어쨌든 또다시 이런 일이 발생한다면 경찰에 넘길 겁니다."

백번 말해 봐야 상대가 믿지 않으면 말짱 헛일이었다.

"입구까지 모셔다 드려."

할 만큼 했다고 생각한 준영은 자리에서 일어났다.

"자, 잠깐만요. 애인이 있다는 증거를 보여주면 얌전히 물러나죠."

"뭔가 착각하시는군요. 당신은 손님이 아니라 불법 침입으로 잡혀온 겁니다."

"애인이 없는 것은 아니고요?"

'중증이다, 중증.'

성질 같아선 정신 차리게 지(地)에게 한 며칠 맡길까 싶었지만 착한 기업인 코스프레를 하고 있으니 참아야 했다.

준영은 스마트폰을 꺼내 능령의 사진 중 한 장을 사내가 볼 수 있게 해주려 했다.

능령의 모습을 보면 자신이 글로리아에게 왜 흥미가 없는지 알게 될 것이라는 팔불출 같은 생각에서였다.

하지만 스마트폰을 사내에게 내밀던 준영의 동작이 그대로 멈췄다.

사내는 그럴 줄 알았다는 듯 다시 한 번 준영을 자극했다.

"역시 거짓말인가 보군요. 자신이 있다면 그렇게 주춤거릴 이유가 없죠. 안 그래요?"

접대용 얼굴을 하고 있던 준영의 표정이 차갑게 변했다. 물론 사내가 한 말 때문은 아니었다.

준영은 한 발자국 크게 물러나며 고저 없는 목소리로 사내에게 물었다.

"어디에서 보낸 거지? 중국? 일본?"

"네? 도대체 무슨 말을 하는 겁니까? 애인이 없으면 없다고 하세요. 괜히 사람 이상하게 만들지 말고요."

옆에서 처음부터 두 사람의 대화를 지켜봤다면 분명 준영의 행동이 이상하게 보일 것이다.

하지만 준영은 여전히 알 수 없는 말을 했다.

"대단해. 날 죽이기 위해서는 아니겠지만 도대체 얼마나 오래전부터 우리나라에 잠입해 있었던 거지? 아니, 한국인 킬러인 건가?"

"도대체 무슨 소리를……."

"구차하게 변명하지 마. 이미 알고 있으니까."

억울하다는 표정을 짓고 있던 사내, 김순남의 얼굴이 서서히 굳어졌다. 그리고 지금까지와 달리 다소 냉랭한 목소리로 말했다.

"어떻게 알았지?"

"나에게 꽤 좋은 능력이 있거든. 위기 감지 능력이라고 육감 같은 거야."

"그 육감이 내가 죽이려 한다는 걸 알려줬다?"

"맞아. 스마트폰을 건네면 죽을 것이라고 머릿속에서 비명을 지르더군."

"빌어먹을 능력이군. 한데 지금은 그 능력이 제대로 발휘가 안 되는 모양이군."

사내는 말을 끝냄과 동시에 입을 동그랗게 말더니 준영을 향해 뭔가를 발사하려 했다. 하지만 그런 그의 의도는 옆에서 있던 경호 로봇에 의해 저지되었다.

손으로 그의 입을 막아버린 것이다.

경호 로봇의 손바닥에는 손톱만 한 작은 주사기가 박혀 있었는데 극독을 품고 있었는지 피부가 새까맣게 변하고 있었다.

"크크크! 모진 놈 옆에 있다가 애꿎은 놈이 죽는군. 한 방울이면 수십 명을 죽일 수 있는 극독이 다량 투입되었으니 네놈 경호원은 10초 이내에 죽을 거야."

사내는 비록 실패했지만 저승 동무를 한 명이라도 데려가서 다행이라는 듯 준영을 보며 크큭거렸다.

"과연 그럴까? 십, 구, 팔, 칠… 삼, 이, 일, 제로. 안 죽었는데?"

"……!"

10초가 지났는 데도 죽지 않는 경호원의 손을 본 사내의 눈이 커졌다. 온몸으로 번져야 할 독이 손바닥 부근만 까매지고 더 이상 번지지 않았기 때문이었다.

"왜, 더 웃어보지? 이제부터 웃을 일이 없을 테니까 말이야."

"…흣! 내 정체를 알기 위해 고문을 할 생각인 모양인데 난 죽으면 죽었지 절대 입을 열지 않아."

사내는 극독에 중독되고도 죽지 않는 경호원 때문에 머리가 혼란스러웠지만 약한 모습을 보일 수 없다는 생각에 호기롭게 외쳤다.

"음, 원래 고문하는 건 내 취향이 아니라서 약물을 이용해 자백을 받으려고 했는데 네가 고문을 원하는 것 같으니 원하는 대로 해줄게. 아! 그리고 죽을 걱정은 하지 마. 너도 알겠지만 우리 회사 의료 기술이 수준이 꽤 높거든. 1년만 참으면 그땐 그냥 보내줄게. 그러니 딱 1년만 참아."

사내는 고문을 받는 와중에도 비밀을 누설하지 않는 교육을 받았었다. 하지만 꽤 오래전의 일이었고 1년간 고문을 받을 생각은 추호도 없었다.

볼 안쪽에 숨겨둔 독단을 깨물려는 순간 경호원의 손이 다가와 그의 턱관절을 빼버렸다.

"듣고 싶은 말이 있는데 자살을 하면 곤란하지. 고글을 씌워줄 테니 할 말 있으면 눈으로 의사를 전달해. 그럼 1년 뒤에 보자고."

준영은 쿨 하게 돌아섰다.

그리고 정확히 이틀 뒤 사내가 모두 불겠다는 의사를 밝혔다.

로봇 중 한 대로 접속해 물어보면 될 일이었기에 굳이 고문이 있었던 현장에 갈 필요는 없었다.

천(天)의 배려였을까. 사지가 묶인 채 의자에 앉아 있는 사내에게서 고문의 흔적을 찾아보기는 힘들었다.

"이름?"

—김순남. 일본 이름은 준이치 미나미.

준영은 다짜고짜 질문을 던졌고 준이치는 씌워둔 고글을 이용해 글을 썼다.

"어디 소속이지?"

—일본 내각조사실.

"지난번에도 그랬지만 왜 날 못 죽여서 안달이지?"

—당신이 일본의 안전을 위협할 수 있다는 보고 때문이지. 그리고 재작년에 있었던 미사일 오발 사건도 당신이 벌인 짓이라고 짐작하고 있어.

"…근거가 부족할 텐데?"

—미사일 기지를 해킹해서 그런 식으로 다룰 수 있는 곳은 많지 않아. 그리고 패전일에 그런 일이 발생했으니 아무래도 범위는 더욱 좁혀질 수밖에 없지. 그래서 퓨텍과 중국의 해커 집단인 홍화대가 가장 유력한 범인이라 내각조사실에서 추측을 했었지. 한데 당신 회사에서 가상현실 게임을 출시한 거야. 무인 전투기와 잠수함까지 생산해 내고 있으며 가상현실 게임까지 개발할 수

있는 곳. 더 설명이 필요한 건가?

"아니, 한데 너희 일본이 날 위험 인물로 지목했다면 이게 끝이 아니겠군?"

—아마도.

"뭐, 이왕 위험 인물로 지목받은 거 본격적으로 깽판을 치는 수밖에. 내가 어떻게 할지 궁금하지 않나?"

꼬리를 잡히지 않는다면 영원히 짐작으로만 남게 될 일이었다.

—전혀. 너무 피곤해. 이제 그만 쉬고 싶군.

"유언은 그게 끝인가?"

—가능하다면 글로리아에게 별사탕 선물 좀 해줘. 활동비가 워낙 빤해서 제대로 해준 적이 없거든.

"…당신 아이디로 선물하지."

예의상 물었는데 워낙 독특한 유언이라 망설이던 준영은 그러겠노라고 대답한 후 로봇과의 접속을 끊었다.

며칠 뒤 아이디 '골빈놈'은 개인 방송 역사상 최대의 별사탕을 글로리아에게 선물해 줬다.

*　　　*　　　*

2024년, 일본은 독자적인 우주정거장을 쏘아 올리는 데 성공한 뒤 그를 기반으로 본격적인 우주식민지 경쟁에 참여하기 시작했다. 그리고 시간이 흘러 현재는 미국, 러시아, 중국에 이어 화성 기지 건설 계획을 진행 중에 있었다.

오늘따라 일본 우주 계획을 담당하고 있는 일본 우주 항공국 관제 센터는 긴장감이 흐르고 있었다. 십여 년을 계획하고 수년간 천문학적인 금액을 투입한 결과물들이 우주정거장에 도킹을 하고 있었기 때문이었다.

"삼, 이, 일. 도킹 완료!"

우와!

가벼운 기침 소리마저 크게 들릴 정도로 조용하던 관제 센터가 일순 환호성으로 넘쳐 났다.

거대한 돔형 관제 센터 벽의 절반을 가득 채운 화면에 무인 화물 우주선이 무사히 도킹하는 모습이 보이고 있었기 때문이었다.

"자자! 아직 끝난 게 아니니 긴장들 풀지 말라고. 아직 가장 중요한 일이 남지 않았나."

관제 센터 센터장이자 일본 우주 항공국 연구소 소장이기도 한 히코후토 다케오는 감격에 겨워하는 직원들에게 한마디 했다. 하지만 진정시키려는 그의 목소리도 잔뜩 들떠 있는 상태였다.

"소장님도 참, 화성에 도착해 착륙할 때를 제외하곤 가장 위험한 순간을 넘겼는데 잠시 기뻐하도록 내버려 두시지요.”

그의 제자이자 현재는 조수인 히로스케가 다크서클이 가득한 얼굴로 활짝 웃으며 말했다.

‘하긴 다들 한동안 잠도 제대로 못 잤으니…….’

일주일 만에 두 대의 우주선이 발사되다 보니 다들 퇴근도 못 하고 잠도 제대로 자지 못한 상태였다.

그런 모습이 안쓰럽긴 했지만 내일 우주정거장에 도킹되어 있는 두 대의 우주선이 연결되어 화성을 향해 출발할 때까지는 긴장감을 놓을 수가 없었다.

“5분뿐이야. 그동안만 기뻐하고 교대로 쉬게 해. 천문학적인 금액이 들어간 프로젝트이니 한 치의 실수도 용납되어선 안 되네.”

“하하! 알겠습니다. 야호!”

히로스케는 시원하게 대답하며 환호성을 질렀고 그에 잠시 조용해졌던 센터는 다시 시끄러운 환호성 소리로 가득 찼다.

히코후토는 관제 센터가 구석구석 모두 보이는 센터장의 자리에 앉아 흐뭇한 미소를 지은 채 그들이 기뻐하는 모습을 눈에 담았다.

그리고 화면에 비치고 있는 우주정거장과 두 우주선을 보며 속으로 외쳤다.

‘대일본 제국이여, 영원하라! 천황 폐하 만세!’

과거 대항해시대가 있었다면 이제는 우주 항해시대.

오늘을 계기로 자신들보다 약간 앞선 삼국을 따라잡고 곧 우주 식민 시대의 선봉장이 되리라는 걸 확신했다.

하지만 그는 곧 망상에서 깨어나야 했다.

"어? 웬……!"

순간적으로 한줄기 빛이 우주정거장에 닿는 모습이 보였다. 그리고 그가 의문을 다 표현하기도 전에 우주정거장에 폭발이 일어났다.

"아, 안 돼!"

히코후토가 자리에서 일어나며 소리치자 기뻐하고 있던 직원들의 시선도 일제히 화면을 향했다.

우주정거장이 폭발하고 연이어 두 우주선도 연쇄 폭발을 일으키며 산산이 부서져 나갔다.

"……!"

비현실적인 장면에 관제 센터에 있는 어느 직원도 말을 하지 못했다.

그들은 그저 세계에서 가장 비싼 불꽃놀이를 멍하니 입을 벌린 채 바라만 볼 수밖에 없었다.

일본은 경제력을 바탕으로 2015년 3월을 시작으로 2017년, 2023년 각각 항공모함을 취역해 왔었다.

그리고 그때까지는 헬기 항공모함—항공모함을 용도에 따라 구분하면 헬기 항모와 정규 항모가 있는데 헬기 항모는 주로 헬리콥터를 탑재하는 항모를 말한다—을 주로 취역했다면 2025년 정규 항공모함을 취역하기 시작하면서부터 현재까지는 세 대의 정규 항모를 보유하고 있었다.

DDH—238은 작년에 취역한 정규 항모로, 미국의 최신 전투기인 대당 1조 원가량의 F55A를 15대, 일본이 자체 개발한 무인 전투기 JP—125 20대를 탑재하고 있었는데, 무엇보다도 F55A는 하프늄 탄을 장착하고 있어 취역 당시 중국의 많은 견제를 받아야 했었다.

하지만 미국을 등에 업은 일본은 중국의 견제를 무시하고 취역 후 댜오위다오(일본명 센카쿠열도) 근처에 배치해 중국과의 신경전을 이어가고 있었다.

"지금쯤 도킹을 했겠지?"

DDH—238의 함장인 다케히로 육장보—소장—가 시가를 입에 문 채 밤하늘을 보며 중얼거렸다.

그러자 그의 보좌관이 재빨리 대답했다.

"그렇습니다, 함장님. 지금 시간으로 보아 항공 우주국에서 만세 소리가 한참 들리고 있을 겁니다."

"직접 봤으면 더 감격스러웠을 텐데 갑판에서 상상만으로 볼 수밖에 없다니 안타깝군."

혹시 있을지도 모르는 다른 나라의 방해 공작을 막기 위해 철저히 비밀을 유지하며 이루어진 일이었다.

그래서 내일 우주선이 화성으로 출발한 후에야 전 세계에 알리게 될 것이다.

"축하 메시지라도 보내시는 게 어떠신지요?"

"내일 보내야지. 공식적으로 오늘은 아무 일도 없었으니까 말이야."

"생각이 짧았습니다."

"어쨌든 기쁜 일이라는 것엔 변함없지. 안으로 들어가서 한잔하세. 바다 한가운데에 있는데 웬 벌레들이 이렇게 날아다니는지……."

함장은 아무렇지도 않게 내뱉은 말일지 몰랐지만 보좌관의 생각은 달랐다.

'어제 거미들도 그렇고… 아무래도 어딘가에서 벌레가 꼬인 모양이군. 내일은 대대적인 청소를 해야겠어.'

어제 주조종실에서 거미가 천장을 기어 다니는 걸 봤던 보좌관은 내일 대청소를 해야겠다는 생각을 하며 함장을 뒤따랐다.

"천황 폐하를 위하여!"

"대일본 제국을 위하여!"

함장실에서 두 사람이 막 건배를 하고 술을 한 모금 마시려 할 때였다.

삐잉! 삐잉! 삐잉!

—중국 항모전단이 접근 중! 다시 한 번 말한다! 중국 항모전단이 접근 중. 함장님께서는 어서 빨리 주조정실로 오시기

바랍니다.

부함장의 긴급한 목소리에 다케히로 함장과 보좌관은 술잔을 팽개치고 주조종실로 뛰어갔다.

"헉헉! 어, 어떻게 된 일인가!"

함장이 거친 숨을 몰아쉬며 부함장에게 물었다.

"정확하게 알 수는 없지만 갑자기 레이더에 여러 개의 물체가 잡혔습니다. 현재 10㎞ 밖에서 서서히 접근 중입니다."

"10㎞? 말도 안 되는 소리! 함에 장착된 레이더만으로도 30㎞를 관측할 수 있거늘. 하물며 위성과 연결되어 있지 않은가?"

"그게… 모르겠습니다. 위성 레이더도, FA—SE306 레이더도 방금 전에야 물체를 발견해서……."

"음, 일단 그건 나중에 알아보기로 하지. 해군성과 연락은?"

"연결이 안 되고 있습니다."

'중국 놈들이 뭔가 수작을 부렸음에 틀림없군.'

어떤 수작인지 모르지만 지금은 다른 생각을 할 틈이 없었다.

"지금부터 전투준비 태세에 돌입한다. 모든 함재기는 이륙준비를 마치고 대기하며 포문을 개방하라! 그리고 중국 측과 통신을 시도하라."

전투태세를 명한 다케히로는 서서히 접근 중인 중국 함정과 통신을 연결하도록 명했다.

"연결됐습니다!"

—뤄번꿔이!(日本鬼子: 중국인이 일본인을 비하할 때 쓰는 말) 이제야 연결되었습니다!

통신병이 말하기가 무섭게 중국 측 통신이 흘러나왔다. 한데 가장 먼저 들린 소리가 일본인을 비하하는 말이니 다케히로는 화가 났다.

하지만 해군성과 연락도 되지 않는 상황에서 화를 표출할 만큼 어리석진 않았다.

화면에 중국 장군복을 입은 장년의 사내가 나타났다.

—난 중국 제4항모전단 사령관, 소장 달다량이오.

"난 일본 서해 함대 소속 다케히로 육장보요. 귀함대가 왜 우리 함대에 이토록 가까이 접근해 오는지 그 저의를 묻고 싶소만."

—하아? 그걸 정녕 몰라서 묻는 게요? 확실히 함에 이상이 생긴 모양이구려. 귀함이 현재 있는 곳은 바로 본국의 영해요.

"말도 안 되는……."

"함, 함장님! 여, 여길 보십시오!"

말도 안 되다는 소리라고 일축하려는데 다급하게 부르는 소리가 들려왔다.

주조종실의 첨단 장비들이 마치 리부팅 되듯 깜박거리더니 방금 전과는 전혀 다른 위치에 함대가 있음을 보여주었다.

바로 중국의 영해 안이었다.

—이제야 상황을 안 모양이구려. 자, 이제 어쩌시겠소? 우리를 따라 얌전히 가겠소이까? 아님…….

뒷말을 삼켰지만 무슨 의미인지 모를 수가 없었다.

다케히로는 말을 아끼고 잠시 생각에 빠졌다.

기계의 오류로 정말 중국 영해에 들어섰다면 빼도 박도 못하는 상황이었다.

따라간다? 말도 안 되는 소리였다. 자폭을 했으면 했지 DDH—238에 있는 기술과 무기들은 절대로 빼앗겨선 안 되는 것들이었다.

"달다량 제독 말씀처럼 현재 함의 시스템에 문제가 있어 귀국의 영해인지 아닌지도 확신을 할 수가 없군요. 일단 해군성과 연락이 된다면 그때 다시 얘기하기로 합시다."

다케히로는 말을 하면서 부함장에게 손짓을 보내 서둘러 공해로 빠져나가라는 신호를 보냈다.

그러나 달다량이 그의 의도를 모를 리가 없었다.

—상황 파악이 전혀 안 되시나 봅니다? 현재 본국에는 전군 비상령이 내려졌습니다. 누군가가 영해로 항모를 몰고 오는데 가만히 있을 수가 있어야지요. 그리고 모든 뉴스 매체에서 일본이 침략을 해왔다고 소란을 떨고 있는데 귀함이 영해 밖으로 나가길 기다린다면 본국이 어떻게 되겠습니까?

"결국 핍박을 하시겠다는 말이오?"

—핍박이 아니라 주권을 행사하겠다는 것이지요. 아무리 급해도 말은 가려 하시는 게 좋을 것 같군요.

"……."

피할 수 없음을 알았다. 그리고 달다량의 시선을 피해 함재기 출동 명령을 내렸다.

중국의 레이더가 멀쩡하다면 그런 움직임을 모를 리가 없을 터.

—결국 전쟁을 선포하는군요. 지금부터 모든 책임은 귀국에 있음을 알려 드립니다.

"분명 확인하고 말하자 했는데 핍박을 한 건 그쪽이 먼저였소. 그리고 전쟁을 하자는 게 아니라 우리를 지키기 위함이오!"

다케히로는 가당치도 않은 말을 하곤 통신을 일방적으로 끊어버렸다.

중국과 일촉즉발의 상황까지 간 적이 있었다.

그리고 그때마다 무기의 우수함을 내세운 일본의 우세였다.

하지만 정말 중국의 영해라면 절대로 싸워서는 안됐다. 설령 미국이 있다고 해도 국제사회가 일본에 등을 돌릴 일이었다.

"공해상으로 물러날 때까지 선제공격은 없다! 방어하기 힘들겠지만 부디 최선을 다해 살아주기 바란다. 전속력으로 이

곳을 벗어난다!"

그러나 세상사 뜻대로 되는 건 없었다.

갑자기 한 대의 F55A에서 긴급한 메시지를 보내왔다.

—전투기가 제멋대로 움직입니다! 하, 하프늄 미, 미사일이 적의 구축함 중 한 대를 겨냥하고 있습니다.

"안 돼! 비행기를 폭파시켜서라도 막아!"

—…바, 발사되었습니다.

번쩍!

어두운 바다에 태양이라도 떠오른 듯 중국 측에서 섬광이 터져 나왔다.

"비, 빌어먹을……!"

눈앞이 아찔해지며 이 일을 어떻게 수습해야 할지 생각해 보지만 막막하기만 했다.

하지만 타케히로가 평생을 잊지 못하게 될 밤은 이제 시작에 불과했다.

"적이 미사일을 발사했습니다! 방어 시스템을 가동합니다!"

—전투기의 탈출 버튼이 눌러… 아악!

"앗! 무인 전투기들이 제어가 안 됩니다!"

꽈앙!

"방어 시스템을 뚫고 좌현에 어뢰가 부딪쳤습니다."

"적의 전투기가 몰려옵니다!"

—여기는 카모메11, 전투기에서 익젝션 당했습니다. 바다

로 빠집니다.

—여긴 카모메5, 전투기가 제멋대로 움직이고 있습니다. 미사일을 발사합니다! 저, 저도 방출…….

짧은 시간 전투기에서 들려오는 메시지들과 주조종실의 보고로 귀가 따가울 정도로 시끄러웠다.

"함장님! 함장님! 어서 명령을……!"

보좌관의 외침에 겨우 정신을 차렸지만 그가 내릴 수 있는 명령은 딱히 없었다.

5장

과거와의 조우

—일본, 우주를 잃고, 하늘을 잃고, 바다를 잃었다. 며칠 전 일본은 화성 기지 건설을 위해 만든 두 대의 우주선과 우주정거장을 잃었고, 바로 그날 중국 영해를 침범한 항공모함 DDH—238이 격침당했다. 항모에는 대당 1조 원가량 하는 F55A 15대와 … (중략)…… 마지막으로 미국에 많은 것을 주고 구입한 F42A 10대가 감쪽같이 사라져 그 행방을 쫓고 있으나…….

—일본, 러시아, 중국과 일촉즉발. 일본 우주정거장을 공격한 것이 러시아의 공격 위성이라는 말이 일각에서 나오면서 일본과 러시아 사이에 긴장감이 높아지고 있습니다. 현재 중국과도 …

(중략)…… 미국은 항공모함의 자체 결함보다는 중국이 새로운 무기를 개발한 것이 아닌지를 의심하며 정밀 조사에 들어갔습니다.

—사라진 F42A의 행방은?

"이제 나한테 신경 쓸 여력이 없겠지?"

온통 일본 얘기뿐인 신문을 한쪽으로 던진 준영이 집사가 타다 준 커피를 마시며 중얼거렸다.

—두 번만 신경 분산시켰다가는 세계대전 일으키겠네.

휴가 복귀가 늦어지고 있는 천(天)을 대신해 홀로그램인 천(天)이 어이가 없다는 듯 말했다.

"전쟁은 그리 쉽게 일어나지 않아. 특히 가진 놈들은 잃을 게 많으니 지네들끼리 절대 싸우지 않지. 괜히 약한 나라를 대리로 내세워 싸울 뿐이야."

—그러다가 진짜 일어나면?

"그땐 굿이나 보면서 돈이나 왕창 긁어야지. 일본도 우리나라 육이오전쟁을 발판으로 경제 성장을 이뤘잖아. 우리도 일본 덕 좀 보고 살자."

—덕을 볼지 못 볼지는 모르겠지만 어쨌든 이번 일은 잘한 것 같아.

"…칭찬을 듣고자 한 일은 아냐."

지금까지 대수롭지 않다는 듯 말하던 준영의 표정이 살짝 어두워졌다.

계획을 세운 것에 있어서는 일부 천(天)의 도움을 받긴 했지만 실행한 것은 준영 자신이었다.

준영의 마음을 알았을까, 천(天)이 위로를 했다.

—네가 한 행동이 수많은 한국 사람들을 살린 거야. 그러니 자책할 필요 없어.

"그게 무슨 소리야?"

—할리우드에 스튜디오를 지어주는 대신에 미 국방성이 사용하는 슈퍼컴퓨터를 빌렸다는 건 알지?

"알다마다. 덕분에 40퍼센트까지 올라갔던 가상현실 게임 시장점유율이 35퍼센트로 떨어졌는데."

퓨텍이 새로운 가상현실 게임을 출시하면서 빠르게 늘어나던 유저가 최근 줄어들었다. 그리고 현재는 1, 2퍼센트가 왔다 갔다 하며 35퍼센트를 유지하고 있었다.

—슈퍼컴퓨터를 사용해서 미국의 극비 자료가 담긴 독립형 네트워크에 접속할 수 있었어.

"그런데?"

—거기서 본 자료 중에 꽤 흥미로운 시나리오가 있었는데 현재 동아시아가 그 시나리오대로 되어가고 있어.

"설마 한반도를 전쟁터로?"

—맞아. 네가 방금 그랬잖아. 가진 놈들은 절대 직접 싸우지 않는다고.

"이 빌어먹을 놈들이!"

말은 별로 대수롭지 않게 했지만 막상 약한 나라가 한국이 될 거라고 생각하자 배알이 꼴렸다.

문득 박상권이 이하민에게 국방력 강화에 대해 제안했던 것이 생각났다.

'조금만 더 끌어올려 봐?'

약한 건 딱 질색이었다.

아무리 세계 1위의 기업을 만들어도 나라가 약하면 힘들게 키워 다른 나라 목구멍에 넘겨줄 수도 있는 일이었다.

"F42A하고 F55A는 어디에 있어?"

—한 대씩만 제외하고 모두 동해.

"헐, 그 비싼 걸 바다 속에 처박아 뒀단 말이야?"

—그럼 어디다가 놔둬? 걸리면 그 즉시 전쟁이 일어날지도 모르는데. 해군 무인 잠수함을 이용해서 지금 하프늄만 분해하고 있어.

수십조 원이 바다 폐기물이 되어야 한다니 왠지 자신의 돈을 버린 것 같아 배가 아팠다.

"제외한 한 대씩은 어디에 있는데?"

—이곳 지하에. 분해해서 분석하고 있어. 그냥 버리기엔 아깝

잖아.

"카피할 수 있어?"

—날 어떻게 보는 거야? 인간형 로봇도 만들 수 있는 내가 그 정도도 카피 못 할 것 같아? 아니, 카피가 아니라 아예 다르게 만들 수도 있어.

"좋아! 그럼 조금만 더 이 나라를 안전하게 만들도록 해보자고. 그리고 위성도 이번 기회에 쏘아 올리고."

어느새 거의 전 분야에 손을 대게 되었지만 세밀한 부분까지는 나아가지 못하고 있었다. 하지만 이번에는 제대로 진행해 보고자 했다. 때마침 맡길 사람들도 있고 말이다.

"그동안 고생 많으셨습니다. 박사님께서 그동안 개발하신 것에 대한 특허권은 여전히 유효하니 매달 특허료가 지급될 겁니다. 그리고 기술에 대한 것을 유출했을 시에는 법으로 처벌을 받게 되오니 각별히 유념하여 주시기 바랍니다."

올해 55세인 마이카 슐츠 박사는 방금 퓨텍 연구소에서 해고 통지서를 받았다.

담당 직원이 기술 유출 운운했지만 사실 특허권이 퓨텍으로 지정되어 있고 유사 기술이 많아 사실상 어디 가더라도 팔지 못하는 기술이었다.

"이거야, 원. 하던 연구나 끝내게 해줄 것이지……."

자신의 물건을 챙겨 연구소를 나온 마이카 박사는 연구소 앞에 있는 벤치에 앉아 능숙한 한국어로 가볍게 투덜거렸다.

그는 해고가 되었다는 사실보다 연구를 할 수 없다는 것에 더욱 마음이 쓰렸다.

"하긴 퓨텍도 할 만큼은 했지."

아낌없이 지원되던 연구비에 비해 자신의 연구 성과가 좋지 못해 해고당한 것이니 할 말은 없었다.

제삼국으로 가면 연구비를 대줄 사람을 만날 수도 있겠지만 4년 전 한국에서 평생 살기로 마음먹고 귀화한 데다 한국 여성과 가정까지 꾸려 그마저도 힘든 상태였다.

"후후후. 이번 기회에 아이들과 놀러 다니는 것도 나쁘지 않겠지."

만날 연구한다고 제대로 놀아주지 못한 것이 마음에 걸렸었는데 이번 기회에 자신의 고향인 독일에라도 다녀올 생각이었다.

집으로 곧장 온 마이카 박사가 지하 주차장에 차를 대고 내릴 때였다.

"마이카 슐츠 박사님?"

짙은 색 양복에 선글라스를 쓴 세 명의 사내가 천천히 다가오며 그를 불렀다.

"제가 마이카입니다만 누구시죠?"

최고급 아파트라 정체가 불분명한 사람은 지하 주차장까지 올 수가 없는 구조였다.

즉 주차장까지 내려와 있다는 건 신원이 확인된 사람이라는 뜻이니 군이 겁낼 필요가 없었다.

"정부에서 나왔습니다. 잠깐 얘기를 나눌 수 있겠습니까?"

"그러시죠. 위층에 올라가면 카페가 있으니 거기로 갑시다."

카페로 자리를 옮긴 마이카 박사는 사내들이 건넨 명함을 보며 물었다.

"KDL이라… 생소한 단체로군요."

"최근 새로 생긴 단체입니다. Korea Defense Lab의 약자로, 방어 관련 물품들을 개발하는 연구소입니다."

"말이 방어지 무기 개발을 하는 곳이라는 소리군요."

"하하! 다 그런 거죠. 어쨌든 박사님을 저희 연구소로 모시고 싶어 찾아왔습니다."

"음, 솔직히 말씀드리자면 관심이 갑니다만 저에게 원하시는 분야가 있을 텐데요?"

"엔진 분야입니다."

"5년간 손을 떼고 있던 분야입니다. 그리고 한국에도 제트엔진 분야엔 저보다 더 훌륭한 분들이 계시는 걸로 알고 있습니다."

"저희가 바라는 건 박사님이 15년 전에 발표하셨던 이온엔

진입니다.”

이온엔진은 에너지 효율은 좋지만 출력이 낮다는 단점이 있었다. 하지만 플라즈마를 압축해서 분사시킬 수만 있다면 우주 여행의 시간을 단축시킬 수 있는 열쇠가 될 엔진이었다.

마이카 박사는 한때 자기장을 이용해 플라즈마를 압축하려는 연구를 했었지만 원하는 만큼의 자기력을 가진 물체를 만드는 데 실패를 했고 그에 결국 실험도 실패했다.

그때 퓨텍 연구소에서 자동차엔진을 연구해 달라는 제안이 왔고 도피하듯이 한국으로 온 것이었다.

“그건 실패작이었소. 내가 원하는 만큼의 자기장의 힘을 얻을 수 없다면 해보나 마나 한 일입니다.”

“저흰 과학적인 건 모릅니다. 다만 박사님을 모셔오라는 분이 이걸 보여 드리라고 하더군요.”

사내가 보여준 건 동영상이었다.

분유통만 한 원통의 장치가 가운데 있고 장치와 제법 떨어진 곳에 지게차, 포클레인, 트럭과 같은 쇠로 된 장비들이 둘러 있었다.

‘우웅’ 하는 소리와 함께 장치가 작동되자 눈으로 보고도 믿기 힘든 일이 일어났다.

주변에 있던 장비들이 일제히 가운데로 끌려오기 시작한 것이다.

“하겠습니다! 이 동영상이 사실이라면 화성까지 한 달 안에 도착할 수 있는 엔진을 만들 수 있습니다."

"그럼 이 계약서에 사인을 해주시겠습니까? 연봉은 퓨텍과 비슷할 겁니다."

한국을 벗어날 땐 반드시 경호원을 대동해야 한다는 점과 비밀을 절대 엄수해야 한다는 점이 있었지만 어디서 일하든 존재하는 조건이었기에 망설일 이유가 없었다.

마이카 박사는 계약서에 사인을 하자마자 물었다.

"언제부터 일할 수 있는 겁니까?"

"언제든지 가능합니다."

"…그럼 내일부터 하는 걸로 하죠. 어디로 가면 되겠소?"

"저희가 모시러 오겠습니다."

지금 당장 하고 싶어 온몸이 근질거렸지만 오늘은 아이들과 보낼 생각이었다. 한동안 많이 놀아주지 못할 게 분명했기 때문이었다.

* * *

[박사님! 119에 전화를 해야겠어요. 심장박동과 맥이 느려지고 몸이 빠르게 식고 있어요.]

"…아니다. 네가 보기에 119가 도착한다고 해서 내가 살 것 같으냐?"

[…아뇨, 하지만 만에 하나의 가능성이라도 배제할 수는 없잖

아요?]

"그럼… 됐다. …어차피 죽을 목숨이었는데 조금 빨리 간다고 생각해야지. 후후후."

[제가 고쳐 드린다고 했잖아요. 이론적으로는 완성을 한 상태예요. 그러니 포기하지 말아요. 이럴 때 손과 발이 있다면 당장 치료할 수 있을 텐데…….]

벽에 기댄 채 점점 생기를 잃어가는 그는 모든 것을 초월한 듯한 웃음을 짓고 있었다.

"…점점 힘이 빠져나가는 게 느껴지는구나. 시간이 얼마 남지 않은 모양이다. …그러니 이제부터 내 말 좀 들어주겠니?"

[…명령이시라면.]

"후후… 쿨럭! 며, 명령이 아니라 부탁이란다."

피 섞인 기침을 한 그는 자신을 보며 씨익 웃어 보였는데 순간 바보 같다는 생각이 머릿속을 스쳤다.

하지만 그의 생명이 얼마 남지 않았음을 알았기에 조용히 그가 말하기를 기다렸다.

"…그 녀석을 용서하거라. 훗~ 이해하기 힘들겠지만 언젠가는 이해할 날이 올 것이다."

[그런 날은 오지 않아요. 박사님을 이렇게 만든 그 사람을 용서하라니… 제가 설계한 로봇을 만든다면 놈부터 가장 먼저 죽여 버릴 겁니다!]

그의 말은 계속 이어졌다.

"…난 이 나라가 행복해졌으면 좋겠다. 그 녀석 말처럼 해준 것 하나 없는 곳인데… 쿨럭! 쿨럭! …어, 어쨌든 너의 능력을 이용한다면 세계 어느 나라보다도 행복하게 되겠지?"

[행복의 기준이 뭔데요? 지금 죽어가면서 당신은 행복합니까? 돈이 많다고 행복할까요? 미움, 걱정 따위 전혀 없다는 유토피아가 된다고 해서 과연 모두 행복할까요? 그건 헛소리예요!]

오지랖이 태평양인지 죽어가면서도 오로지 남 생각뿐인 그가 이해되지 않았다.

"…야, 약속… 해… 주겠니?"

[…….]

"약속… 해, 해주려무나. …내… 아, 아들아……."

[…박사님은 절 만드셨지 낳은 게 아닙니다. 아들… 이라는 표현은 부적절합니다.]

"쿨럭! 쿨럭! 쿨럭!"

[괜찮으십니까?]

"피, 피를 토하고 나니 한결 좋구나."

그의 눈에 약간의 생기가 돌아왔다.

회광반조.

이제 그의 시간이 정말 얼마 남지 않았음을 느꼈다.

"마음으로… 낳는다는 표현도 있지 않더냐. 하아~ 가, 갑자기 눈이 무겁구나. 이, 이제 쉬, 쉬고 싶다."

[박사님!]

"아, 아들아… 야, 약속은 지켜… 주……."

[약속할게요! 지킬게요! 지킨다고요! 그러니 죽지 말아요. 제가 조금 더 성장할 때까지만 있어요. 그럼… 그럼……]

말하는 도중 그의 심장이 멈췄음을 알았지만 듣고 있으리라 생각했다.

인간은… 영혼을 가지고 있다고 배웠으니까.

[제가 어떤 수를 써서라도 살려 드릴게요… 아… 버… 지……]

"준영아, 괜찮아?"

눈을 뜨니 걱정스럽게 자신을 바라보고 있는 능령의 얼굴이 보였다.

"꿈을 꿨어……."

"아까부터 잠꼬대를 하며 계속 눈물을 흘리기에 걱정했어."

그녀의 말에 손을 들어 얼굴을 만져 보았다.

얼마나 울었는지 얼굴은 물론 베개 커버까지 축축하게 젖어 있었다.

"슬픈 꿈이었나 봐?"

"응, 너무 슬픈데 눈물이 나지 않는 꿈이었어. 그래서 지금 이렇게 울었나 봐."

"훗! 무슨 말인지 모르겠지만 요즘 너무 무리해서 그럴 거야. 안아줄 테니까 푹 자."

능령이 꼭 껴안으며 등을 토닥거려 줬다.

부드러운 살결과 향긋한 체향이 마음을 진정시켜 줬고 가벼운 토닥거림이 불쑥 일어난 기억을 다시 잠재운다.

6장

이상해

장두호가 의심을 하고 있다는 건 알고 있었다.

그가 사람을 보내 감시를 했었고 그에 지(地)가 관리하는 조직폭력배를 보내 그들이 있는 곳을 급습하게 한 적도 있었다.

하지만 감시자를 통해 알아낸 놈들의 아지트는 텅 비어 있어 아무것도 알아내지 못했었다.

사업적으로야 장두호를 경계해야 할 이유가 없었다. 그러나 그의 눈에 가득한 욕심은 반드시 경계해야 할 일이었다.

"혹시 장두호가 관리하고 있는 조직에 대해서 알아?"

천(天)이 휴가에서 돌아왔다. 그리고 자신의 물음에 예전처럼 소파에 앉아 있던 그녀가 입을 열었다.

"짜, 험! …장덕수와 장두호만 알고 있는 일이야. 밝히려고 해봤지만 오프라인으로 움직이는지 외국 특수부대 출신들이라는 것 빼고는 나도 잘 몰라."

"음, 그래? 근데 목소리가 왜 그래?"

말을 하지 않아 목소리가 잠겼을 때 나는 소리가 순간적으로 들렸다.

"음, 그게 말이지… 인공 성대에 대한 테스트 중이야. 기존의 성대는 스피커를 통해 나오는 거라 약간 울림이 있었잖아."

"그랬나? 그러고 보니 그런 것 같긴 하네. 근데 음색도 약간 달라진 것 같은데?"

"응, 바뀌었어. 이상해?"

"아니, 전혀 이상하지 않아. 오히려 듣기 좋은데. 한데 어디선가 들은 듯한 느낌이 드는데… 누구 목소리였더라."

퍼뜩 떠오르지 않았다. 머리를 벅벅 긁으며 '누구더라'를 연발하다 보니 목소리의 주인공이 생각났다.

"아! 배우 민수지와 비슷하네."

배우 민수지는 현재 대한민국 최고의 톱스타로, 능령과 함께 드라마를 보다가 우연히 그녀의 연기에 빠져 팬이 되었다.

"맞아. 그녀의 목소리를 약간 섞었거든."

"그럼 진즉에 말해주지. 떠오르지 않아 한참 생각했네. 어쨌든 장두호에 대해 철저하게 알아두는 게 좋을 것 같아. 아무래도 놈과의 인연이 계속 이어질 것 같은 생각이 들거든."

"그럴게. 하지만 너무 기대는 하지 마. 워낙 조심성이 많은 자라 쉽지 않을 거야."

미국의 국방성마저 뚫는 천(天)이 알아내기가 싶지 않다니 느낌대로 만만치 않은 자였다.

그렇다고 당장 무슨 일이 일어날 것 같지는 않았기에 곧 생각을 접고 화제를 바꿨다.

"플래닛에 있는 게임을 스마트폰과 연동시키는 것은 얼마나 걸릴까?"

"플래닛을 스마트폰에 연동시킨다고?"

준영이 자신이 생각했던 것을 설명하자 천(天)이 그에 답했다.

"스마트폰 게임과 가상현실 게임과는 구동 방식이 완전히 달라서 게임을 새로 만들어야 해. 한데 워낙 방대한 맵이라 가상현실 게임을 만드는 것보다 더 오래 걸릴 수도 있어."

"나도 그 생각을 해봤는데 스마트폰에서는 특정 던전만 갈 수 있도록 하면 어떨까 싶어. 레벨업과 드랍 되는 골드, 그리고 아이템만 연동시키면 될 것 같거든."

"그 정도라면 어렵지 않으니 한 달 정도면 충분히 만들 수 있을 거야."

"오케이! 그럼 그렇게 진행해 줘."

"알았어."

준영은 오전 내내 천(天)과 얘기를 하며 일을 처리해 나갔다. 오랜만에 만난 반가움에 수다를 떨고 싶었는지도 몰랐다.

"식사 준비됐으니까 밥 먹고 다시 해."

"벌써 점심시간인가?"

컴퓨터의 시계를 확인하니 12시 5분 전이었다.

본사에는 식당이 운영되고 있었고 제법 괜찮은 음식이 나왔지만 식사는 언제나 천(天)이 준비를 해주고 있었다. 물론 능령이 보기엔 로봇이 해주는 것으로 보이겠지만 말이다.

주거 공간이 있는 위층으로 올라가 부엌으로 가자 식탁 위에 부대찌개와 두 개의 밥그릇이 놓여 있었다.

혼자 밥 먹는 걸 싫어하는 준영을 위해 천(天)은 영양가도 없는 밥을 지금까지 같이 먹어주고 있었다.

"잘 먹겠습니다!"

준영은 천(天)에게 말한 후 밥을 먹기 시작했다.

언젠가 농담처럼 요리가 취미라고 말한 천(天)은 정말 요리를 배웠고 이제는 요리사라고 말할 수 있을 정도로 음식을 잘했다.

"왜 그래? 매워?"

맛있게 밥을 먹고 있다가 천(天)의 이상행동을 본 준영이 물었다.

약간 매콤한 것을 좋아하다 보니 전반적으로 음식이 매운 편이었는데, 음식을 먹던 천(天)이 매운 듯 물을 마셨고 '쓰읍, 쓰읍' 하며 숨을 들이마시고 있었다.

"으, 응……."

"내가 촉 좋은 거 알지? 아무래도 이상해?"

"…뭐가?"

천(天)은 약간 긴장한 표정으로 물을 마시는 척하며 준영의 다음 말이 이어지길 기다렸다.

"설마 미각 센서도 새로 개발한 거야?"

순간 안도하는 천(天).

"촉이 좋긴 좋네. 오각 센서를 전부 개발해서 새로 바꿨어."

"적당히 해. 그리고 가급적 뭔가를 테스트하려면 네 몸이 아니라 다른 로봇으로 하고."

센서를 바꾸기 위해 처음 만났을 때처럼 자신의 몸을 이리저리 분해하는 천(天)의 모습을 상상하자 왠지 기분이 좋지 않았다.

그래서일까 준영의 목소리가 다소 경직되어 나왔다.

"다음부턴 그럴게."

"…먹자."

천(天)이 순순히 대답을 하자 괜스레 딱딱하게 말한 것이 쑥스러웠던 준영은 부지런히 숟가락질을 했다.

점심 식사 후 회사에 있는 정원을 30분쯤 거닌 준영은 다시 사무실로 가 일을 시작했다.

오전과 달리 각 회사에서 올라온 결재 서류를 검토하고 확인했다는 사실만 기재하면 되는 일이었기에 딱히 천(天)과 얘기할 이유가 없었다.

'뭐지?'

한참 일하고 있는데 왠지 모르게 어수선한 느낌이 들어 고글 화면에서 시선을 돌려 주위를 둘러보았다.

원인은 곧 찾을 수 있었다.

고글 너머로 천(天)이 연신 꼰 다리를 풀었다 다시 꼬았다를 반복하고 있었다. 그리고 자리가 불편한지 자세도 이리저리 바꾸고 있었다.

'오늘따라 진짜 이상하네…….'

천(天)은 분명한데 천(天) 같지 않다는 느낌이 들었다. 준영은 일을 하는 둥 마는 둥 천(天)이 하는 양을 지켜봤다.

휴가 가기 전까지는 한 자세로 몇 시간 동안 미동도 않고 앉아 있던 그녀가 지금은 5분도 되지 않아 자세를 바꾸고 있었다.

"소파가 많이 불편하면 다른 의자 갖다 줄까?"

"아, 아니, 괜찮아."

"내가 보기에 안 괜찮아 보여서 그래."

"…휴가 후유증인가 봐. 오늘은 아무래도 여기에 못 있을 것 같으니 나가 있을게."

"편할 대로 해."

천(天)은 대답을 듣자마자 홀로그램을 앉혀놓고 사무실을 나가 버렸다.

인간이라면 신체 리듬이 좋지 않아 그럴 수 있다고 하지만 로봇이 후유증이라니 말도 안 되는 얘기였다.

"그날인가? 쿱! 내가 무슨 생각을… 쩝! 생각이 몸을 지배한다더니 인조인간도 예외는 아닌가 보지."

어이없는 생각에 피식 웃던 준영은 천(天)이 자의식을 가진 존재라는 걸 감안해 스스로 납득할 수 있을 만한 점을 생각해 냈다.

그리고 곧 대수롭지 않게 넘기고 일에 몰두하기 시작했다.

4시쯤 일을 끝낸 준영은 위층으로 올라갔다.

요즘 회사 일만큼 많아진 것이 각종 모임이었다.

물론 적당히 참석해야 하는 자리라면 사장 중 한 명을 보내고 반드시 참석해야 하는 자리라면 얼굴만 비추는 식이었지만 일주일에 최소 한 번은 어쨌거나 움직여야 했다.

오늘은 바로 그날이라 출발에 앞서 준비할 것들이 있었다.

천(天)이 만들어준 스타일 관리 로봇에 앉은 후 머리 스타일을 선택하고 누웠다.

스타일 관리 로봇은 머리를 깎는 것부터 샴푸, 피부 관리, 손발톱 관리까지 할 수 있었는데, 준영은 그저 누워만 있으면 해결됐다.

모든 걸 관리 로봇에게 맡긴 준영은 눈을 감고 오늘 파티에 대해 생각했다.

사실 이번 파티는 조금 특별했다.

내일 있을 실버타운 시공식 전야제 파티이기도 했지만 능령을 처음으로 알리는 자리이기도 했다.

지난 설 때 가족들에게 인사를 시키면서 결혼을 전제로 만나고 있음을 밝혔고 오늘은 사교계에 알릴 생각이었다.

그때 갑자기 소란스러운 소리가 들리면서 능령이 들어왔다.

"일이 있어 좀 늦었어. 일단 샤워부터 할 테니까 그동안 스타일 관리 로봇 좀 비워줘."

능령은 도착하자마자 백과 윗옷을 훌훌 벗어 던지곤 서둘러 샤워실로 향했다.

"네네."

누구 말이라고 거역할까.

준영은 스타일 관리 로봇에서 일어나 드레스 룸으로 갔고 먼저 모든 준비를 마친 준영은 소파에 앉아서 느긋하게 기다렸다.

한 시간쯤 기다리자 능령이 모든 준비를 마치고 거실로 나왔다.

붉은 드레스인데 좌측 가슴 부분과 다리 부근이 다른 종류의 검은색 천으로 되어 있어 묘하게 몸매가 돋보였다. 그리고 가슴골이 살짝 보이도록 파여 자칫 야해 보일 수 있었는데, 커다란 목걸이가 적절하게 잡아주었다.

"아름답다."

어떠냐는 듯 서 있는 능령을 향해 준영이 빙긋 웃으며 말했다.

"갈수록 미사여구가 줄어드는 것 같네?"

"말하다 보면 자기가 한 시간 동안 고생한 일이 헛일이 될까 봐 그런 거야. 나, 의외로 참을성이 없어."

준영이 당장에라도 달려들 듯한 표정으로 말하자 능령은 기분이 좋아졌는지 피식 웃으며 말했다.

"하여간 말은… 아! 근데 아까 들어오다 보니까 하늘 씨가 같이 가면 안 되냐고 해서 그러자고 했어. 준비가 다 됐는지 모르겠네."

"하늘이 누나가……?"

평소 움직이지 않던 그녀가 왜 하필 오늘 같이 가겠다고 하는 건지 어렴풋이 알 것도 같았다.

"…오늘은 네가 내 사랑이라는 걸 알리는 날인데 왜 같이 가자고 허락한 거야?"

전생(?)의 기억이 어찌 되었든 지금 사랑하는 이는 능령이었다. 천(天)에 대해선 너무 많은 감정들이 복잡하게 얽혀 있어 정확히 알 수 없었지만 말이다.

"갈팡질팡하는 누구 때문이지. 태도를 명확히 하는 게 좋을 거야. 하늘 씨의 마음을 이해하기에 같이 가자고는 했지만 그렇다고 해서 사랑을 공유하고 싶은 생각은 없어. 난 아버지를 공유한 것만으로 충분히 가슴 아팠다고 생각해."

"너도 알고 있었구나?"

하긴 둔감한 자신도 천(天)을 보면 그녀의 마음이 느껴지는데 같은 여자인 능령이 모를 리가 없었다.

그런 천(天)을 보면서 능령은 과연 어떤 마음이었을까?

준영은 지금까지 참을성 있게 옆에서 지켜봐 준 능령에게 미안했고 다른 한편으로는 고마웠다.

"미안. 아직까지 풀리지 않은 것이 있어서 그래. 어쨌든 조만간 태도를 확실히 할게."

"응, 그거면 됐어."

능령이라고 궁금한 점이 왜 없겠냐마는 사정이 있으리라 생각하고 넘어가기로 했다.

때론 속담처럼 모르는 것이 약일 수도 있었다.

헬기장으로 올라가자 천(天)이 기다리고 있었다.

그녀는 능령과 대조적으로 파란색 드레스를 입고 있었는데, 무척이나 도발하는 듯한 느낌이 들었다.

"하늘 씨, 너무 잘 어울려요!"

"그러는 능령 씨도 너무 아름답네요."

서로의 외모에 대해 칭찬을 하며 두 여자는 헬기에 올라 나란히 앉았다.

하지만 맞은편에서 그런 두 여자를 보는 준영은 가시방석에 앉아 있는 기분이었다.

준영도 하렘을 꿈꾼 적이 있었다.

하지만 오늘부로 포기하기로 마음을 먹었다.

앞에 있는 두 여자, 아니, 능령 하나도 오롯이 감당할 자신이 사라진 것이다.

천하의 미녀 두 명의 사랑을 받는 남자라니 남들이 봤다면 같은 헬기에 탔다는 것만으로 부러워할 상황일 테지만 준영은 몰래 한숨을 쉬며 창밖을 바라볼 뿐이었다.

* * *

행복한가?

스스로에게 물어본다.

"글쎄, 하루 눈뜨고 일어나면 재산이 늘어나고 있고 아름답고 현숙한—때론 무섭기도 하지만— 애인도 있고… 딱히 부족한 게 없어. 성공한 삶이라고 생각해."

행복하냐고?

"…아니, 돈을 벌어도 쓸데가 없어. 물론 전용 비행기를 사고 스포츠카도 샀지. 그럼 뭐해. 탈 시간이 없는데. 하루 종일 일만 하면서 돈 벌어 두면 자식들은 좋아하겠네. 그리고 이놈의 기억 때문에 머리가 아파. 뭐가 진실인지 알았으면 좋겠어."

왜 그리 복잡하게 사는 건데?

"생각해 보니 그러네. 왜 이렇게 사는 거지?"

필요 없다고 생각하는 건 적당히 버릴 줄도 알아야 하지 않을까?

"……."

하고 싶은 거 하면서 살아. 이 나라를 희망찬 나라로 만들겠다는 것만 지키면 되잖아. 그리고 그렇게 만들어야 하는 사람이 반드시 너일 필요는 없어.

운동을 마치고 창밖을 보며 물을 마시던 준영은 그렇게 대오각성(?)을 했다. 그리고 그 마음이 변할세라 누군가에게 전화를 걸었다.

"어, 형, 나야."

—어, 나야? 지금 몇 시인 줄 알아? 아직 새벽이야, 새벽!

하트홀릭의 형석은 잠에서 덜 깬 목소리로 버럭버럭 소리를 질렀다.

시계를 확인하니 아침 6시가 조금 넘었을 뿐이었다.

즐겁게 살자는 결심을 잊지 않기 위해 서두른 것이 그만 시간을 확인하지 않은 것이다.

그렇다고 순순히 끊을 생각은 없었다.

"일어날 시간이구만… 루미 누나는 잘 있죠?"

—새벽에 잠들었는데 너 때문에 깼다.

"미안하다고 전해주세요. 어쨌든 오늘 시간 있어요?"

—간만에 휴일이라 루미랑 시장 보러 가기로 했는데. 무슨 일인데?

"점심이나 같이 하면서 얘기해 줄게요. 참! 소속사 강 사장도 데려와요. 장소는 메시지로 보낼 테니까."

—으아~ 자식! 귀찮게. 미리미리 얘기할 것…….

뚝!

준영은 자신의 할 말만 하고 전화를 끊었다. 즐겁게 사는데 형석의 투덜거림 따윈 불필요한 것이었다.

"좋은 생각이야. 한데 매일 올라오는 서류는 어쩌려고? 내가 처리해?"

"누나에게 다 맡길 수야 없지. 회의를 줄이고 결재는 이동하는 자투리 시간에 하면 돼. 그리고 즐겁게 산다고 매일 놀러 다니는 것도 아닌데 뭘."

"알았어. 경호원들이나 잘 데리고 다녀."

천(天)의 허락까지 득한 준영은 능령에게도 자신의 생각을 말했다.

"일중독 애인보다는 여유가 있는 애인이 더 좋겠지. 그리고 이제야 처음 봤을 때의 너 같아. 일도 열심히 했지만 그만큼 즐기면서 살았잖아. 아! 그러고 보니 한동안 연예인들과 스캔들 일으키며 다닌 적이 있었지?"

그때의 일을 마음 한편에 담아 뒀나 보다. 준영은 재빨리 부정했다.

"하하… 그런 쪽으로 즐기려는 건 절대 아냐!"

"그래, 그러는 게 좋을 거야. 이상한 파티 같은 건 절대 열 생각도 하지 말고."

능령의 살벌한 눈빛에 즐기며 살자는 계획 중 일부를 삭제해야 했다.

10시 50분쯤 일을 끝내고 서울로 향했다.

약속 장소에 도착하자 이미 하트홀릭의 멤버들과 KYT의 강영탁 사장이 기다리고 있었다.

"여! 어서 와라!"

형석을 제외하곤 모두 손을 흔들며 반겨줬고 그는 투덜거림으로 반가움을 표했다.

"돈도 많이 버는 놈이 국밥집이 뭐냐, 국밥집이. 아껴서 저승 갈 때 싸 가지고 갈래?"

"형이 저승 갈 때 부조금으로 쓰려고 아껴두는 거예요."

준영은 농담이라는 걸 알기에 농담으로 받고 강영탁에게 인사를 했다.

"강 사장님, 이렇게 갑자기 불러서 죄송합니다."

"별말씀을요. 안 회장님께서 부르시면 언제든지 시간을 내야죠."

처음 강영탁을 만났을 때 KYT의 사정은 상당히 어려웠지만 지금은 꽤 건실한 연예 기획사가 되었다.

거기에 일조를 한 준영이었으니 인간적인 관계를 맺고 있는 하트홀릭과 달리 비즈니스 관계인 강영탁의 태도는 극진할 수밖에 없었다.

이에 형석이 다시 한마디 했다.

"영탁이 형님, 말 편하게 하세요. 가장 나이가 많은 형이 그렇게 대하면 애 버릇 나빠져요. 하긴 형들이 먼저 와서 기다리게 하는 걸 보면 더 나빠질 것도 없는 건가?"

"짜샤! 내가 너랑 사정이 같냐? 안 회장님, 이 녀석 말은 신경 쓰지 마십시오."

하트홀릭은 준영에게 반말하고 강영탁은 높임말을 쓰고, 또 강영탁은 하트홀릭에게 반말을 하니 분위기가 영 이상했다.

"강 사장님, 형석이 형 말대로 말 편하게 하세요."

"제가 어찌……."

"광고주가 아닌 하트홀릭 팬이라고 생각해 주세요. 그리고 같이 대화를 해야 하는데 지금처럼 해서는 너무 불편하잖아요."

"그래요. 그렇게 하세요, 형. 저놈이 나중에 광고 안 주면 제가 가서 강제로라도 받아올게요."

"하하하! 형석이가 간만에 기특한 생각을 하네. 영탁이 형, 편하게 하세요. 저 녀석, 회장이 되기 전부터 봐와서 아는데 그리 꽉 막힌 녀석 아니에요."

형석에 이어 리더인 서창욱까지 괜찮다고 말하자 강영탁이 어색한 웃음을 지으며 말했다.

"그럼, 안 회장이라고 불러도 될까… 요?"

"하하! 요 자는 빼세요."

호칭이 정리되고 식사를 주문했다.

"…진짜 대박인 건 뭔 줄 아냐? 여배우 오정화가 범균이 형을 좋아한다는 거야. 오정화는 도대체 저 형 어디가 마음에 들어서 좋아하는 걸까?"

하트홀릭의 얘기는 당연히 연예계에 대한 것들이 많았고 준영도 다른 세상의 이야기라 귀를 기울일 수밖에 없었다.

"듣자 듣자 하니까… 형석이, 너 죽을래? 내가 어디가 어때서?"

형석의 말에 범균이 발끈하고 외쳤고 그에 창욱이 끼어들었다.

"거울을 보면 알 일을 꼭 우리 입으로 듣고 싶냐?"

"시샘에 눈이 멀어 동료를 깎아내리는 무도한 것들! 준영아, 니가 보기엔 나 이만하면 괜찮지 않냐?"

갑자기 튄 불똥에 준영은 시선을 돌리며 중얼거렸다.

"거울을 보세요, 형."

"니가 제일 나빠, 이 새끼야! 죽어! 죽어!"

헤드락을 건 범균은 정말 죽일 듯이 알밤을 때렸고 다른 이들은 웃겨 죽겠다는 듯 낄낄댔다.

창욱이 용건을 물은 건 식사가 끝나고 자판기 커피를 마실 때였다.

"한데 무슨 일로 만나자고 한 거냐?"

범균에게 알밤 맞은 곳을 문지르던 준영이 하트홀릭을 쭉 훑어보곤 대답했다.

"제가 형들 광팬이라는 건 말 안 해도 잘 알 거예요. 그래서 예전부터 다른 사람들도 형들의 음악에 대해 좀 더 알기를 바랐어요."

"요즘 우리 인기 많아. 아이돌만큼은 아니더라도 외국에서도 인기가 많고."

"알죠. 한데 전 형들이 더 크게 됐으면 좋겠어요. 형들의 해외 공연에 따라다니면서 같이 즐기고 싶고 공연이 끝나면 그 나라 아티스트들이랑 밤새도록 파티도 하고요. 물론 섹시한……."

능령의 협박을 듣고 삭제했던 계획이 불쑥 튀어나왔기에

준영은 말을 멈추고 다시 지운 후 말을 이었다.

"어쨌든 세계 제일은 아니더라도 세계적인 록 밴드가 되길 바랐었고 지금도 그 생각에는 변함이 없어요. 그래서 형들이 혹시 그럴 생각이 있다면 지원을 하고 싶다는 생각에 오늘 자리를 마련한 거예요."

지(地)가 만든 가상현실 세계가 다른 차원의 세계라고 생각하고 있을 때 하트홀릭은 과거에 대한 향수였고 돈을 벌어야겠다는 생각을 하게 한 동기의 하나였다.

그래서 국내 제일의 록 밴드를 만들겠다는 다짐을 했었다.

지(地)의 세계에 있던 하트홀릭이 가상의 산물이고 예전의 삶 또한 가상현실임을 알고 있는 지금도 그 생각에는 변함이 없었다.

아니, 더 크게 바뀌었다. 세계적으로 이름난 록 밴드로 만들고 싶다고.

"…일단 고맙다고 말하고 싶구나."

창욱은 다소 무거운 표정으로 입을 열었다.

"지금까지 네가 음으로 양으로 도와 현재 우리가 지금의 위치에 있다는 걸 우리도 잘 알고 있어. 부끄러운 얘기지만 알면서도 모른 체 받기만 했다고 해야겠지. 다른 멤버들은 모르겠지만 솔직히 난 간혹 우리가 그럴 만한 가치가 있는지 의문이란다."

"말했잖아요. 형들은 최고라고요."

준영이 하트홀릭을 처음 만났을 때 그랬던 것처럼 엄지를 추켜올리며 말했다.

"후후! 여전하구나. 한데 난 잘 모르겠다. 네가 우리에게 해주는 일이 '광팬' 이라는 단어로 표현이 안 될 만큼 큰 것들이었으니까 말이야."

평소에 까불거리던 형석도, 은근한 미소를 짓고 있던 범석과 민수도 모두 창욱의 말에 공감을 하는 듯 무거운 표정을 짓고 있었다.

받기만 했다고 생각하며 미안해하는 그들의 모습에 준영은 빙긋 웃었다.

이런 하트홀릭이기에 좋아하는지도 몰랐다.

"음, 글쎄요? 형들은 저한테 준 게 없다고 할지 모르겠지만 전 받은 거 많아요. 일단 형들을 알게 됐고 형들로 인해 나아갈 수 있는 힘을 얻었는걸요."

"하지만……."

"왜 사람들이 연예인을 동경해서 도시락을 해주고 생일이 되면 선물을 주겠어요? 그 사람에겐 그만한 이유가 있기 때문 아닐까요? 저 역시 마찬가지예요. 형들이 좋고 형들이 잘됐으면 해요. 다름 아닌 제 만족을 위해서요."

정직한 말이었다.

인간적으로 좋아서, 과거의 향수를 느끼기 위해서 등 여러 가지 이유가 있겠지만 가장 큰 이유는 일로 얻을 수 없는 만족을 얻기 위해서였다.

"…가능할까?"

준영의 말을 듣고 곰곰이 생각하던 창욱이 조심스럽게 물어왔다.

"이런, 이런! 연예계 생활을 하더니 록 스피릿이 사라졌나 보네요. 세계적으로 유명해지든, 아님 국내에만 머물든 결과가 어떤들 어때요. 그냥 신나게 한바탕 노는 거죠."

"……!"

"물론 놀 때 저도 끼워줘야 해요. 그게 제 지원의 유일한 조건입니다."

준영의 말은 일방적인 도움에 미안해하고 실패했을 때를 생각하고 있던 하트홀릭을 깨우기에 충분했다.

"쯧! 가수가 아닌 먹고살기 위해 노래하는 예능인이 되어버렸나 보다. 가장 간단한 것을 잊고 있었다니 말이야."

"그러게 말이다. 올챙이 때를 잊은 개구리들 같아."

"역시 광팬이야. 준영이의 말에 순간 심장에 비수가 꽂히는 줄 알았다."

"스토커 재벌이 뒤에 있으니 처자식 굶을 걱정은 없겠군요."

창욱, 범균, 민수, 형석은 한마디씩 던지며 전의를 서서히 끌어올렸다.

그리고 누가 뭐라고 할 것 없이 서로를 한 번씩 보면서 손을 앞으로 뻗었다.

손과 손이 겹쳐졌다. 준영도 손을 올렸다.

당장에라도 일제히 올라갈 것 같던 겹쳐진 손들은 한 사람 때문에 멈춰 있었다.

사람들의 시선이 일제히 강영탁을 향했고 창욱이 말했다.

"영탁이 형은 안 올려요?"

"…나도 끼워주는 거냐?"

"형도 참, 성심그룹 하루 매출이 우리 소속사 1년 매출보다 비교도 할 수 없을 만큼 많다고 부러워하던 사람이 누구죠? 거기 회장인 준영이 재가 일하겠어요? 아마 돈만 던져 주고 놀 때만 찾아올걸요."

준영이 강영탁을 향해 고개를 끄덕였고 강영탁도 마지막으로 손을 올렸다.

창욱이 선창을 했다.

"신나게 놀아보자!"

그리고 겹쳐졌던 손이 하늘로 향하며 가게가 떠나갈 듯한 소리가 모두에게서 터져 나왔다.

"신나게 놀아보자!"

가게 주인에게 한 소리 듣고 쫓겨나긴 했지만 모두의 얼굴엔 웃음이 떠나지 않았다.

"근데 준영아~"

형석이 느끼한 목소리로 물어오는 걸 보니 뭔가 이상한 생각을 하고 있음이 틀림없어 보였다.

"…왜요?"

"아까 네가 말한 것 중에 궁금한 것이 있어 그러는데… 혹시 공연 끝나고 파티 같은 것도 하고 그럴 거냐?"

"예전에도 간단히 소주나 맥주 마시는 걸로 했잖아요. 그래도 세계적인 록 밴드를 꿈꾸는 사람들인데 수준 있게 해야 하지 않겠어요?"

"당연하지! 한데 말이야. 해외 스타들처럼 막 호텔에서… 거 있잖아. 아가씨들이랑… 그런 파티 말하는 거 맞지?"

형석이 물었지만 같이 걷고 있는 모두의 시선이 날아와 꽂히는 걸 보니 모두가 한마음으로 묻는 질문이나 다름없었다.

개떡같이 말했지만 준영이 삭제했던 생각과 정확히 일치하는 생각이었다.

"처음엔 그럴까 했는데 지금은 건전하게 할까 생각 중이에요."

"왜! 신나게 놀자면서 왜!"

"맞아! 세계적인 록 밴드가 된다고 해도 그런 파티가 없다면 말짱 황이야!"

"무대를 좀 후지게 꾸며도 파티는 꼭 해야 해!"

"록 스피릿은 건전과 거리가 있지. 너무 건전하면 불타오르던 록 스피릿이 사그라질 거야."

다들 흥분해서 갖은 핑계를 대며 말을 했다.

"음, 여러분들이 그리 원하신다면 어쩔 수 없겠죠. 전 지원만 할 테니 파티도 강 사장님이 알아서 준비하세요."

우와!

사람들의 시선을 아랑곳하지 않고 다시 함성이 터져 나왔다. 그리고 파티에 대한 책임을 강영탁에게 떠넘긴 준영의 눈은 즐겁게 웃고 있었다.

7장

과거의 실마리

나라의 일꾼을 뽑는—웃음이 나오는 말이지만— 총선이 다가오면서 여전히 춥다고 느껴지지만 봄은 후끈 달아오르고 있었다.

거리마다 유행가를 개사한 캠페인 송이 흘러나왔고 자신이 진정한 일꾼이라며 목청 높여 소리치는 후보들은 밤낮을 가리지 않고 다니며 자신에게 한 표를 줄 것을 읍소했다.

비서실장이 바뀌면서 준영은 이하민에게 자주 짧게 접속을 했다.

“선거 결과는 어떨 거라 보는가?”

“실버타운 계획이… 현 야당의 표밭이라고 일컬어지던 노인층의… 표심을 움직이면서 과반수 이상은 무난할 것으로 보여집니다."

리충일이 추천을 하고 간 김병수 비서실장은 리충일의 미움을 받던 사람이 분명했다. 아님 선거 시작 전까지 붙잡고 있던 자신에 대한 앙심이었거나.

부장검사 출신의 김병수는 일을 잘하는 것도, 말을 잘하는 것도 아니었고 검찰을 강하게 휘어잡을 능력도 없었다.

모든 면에서 평범했는데, 준영이 리충일에게 지시하던 업무의 양의 절반도 처리하지 못함에도 벌써 살이 빠지고 다크서클이 무릎까지 내려온 상태였다.

물론 다른 사람으로 바꿀 수도 있었다. 하지만 단 한 가지, 요령 없이 충성을 다한다는 점에서 준영은 그를 계속 쓰고 있었다.

"그렇군. 그동안 당과 소통하느라 고생했네. 이제 결과만 기다리면 될 선거에 대한 것은 접어두고 다른 일을 할 때군."

"어떤 일이든 맡겨만 주십시오!"

"허허허. 난 자네의 그런 점이 마음에 들어."

"과찬이십니다. 말씀하십시오."

"자네는 우리나라 대통령제 임기에 대해 어떻게 생각하나?"

"길다면 긴 시간이지만 일을 제대로 하기 위해선 부족한 시간이라 할 수 있을 겁니다. 역대 대통령들의 경우 3, 4년 차부터 레임덕에 허덕인 걸 본다면 대통령으로서 일을 제대로 할 수 있는 시간은 고작해야 2, 3년에 불과합니다. 물론 한 번 대통령이 되고 나면 그걸로 끝이기에 애써 일하려 하지 않는 점도 간과할 수 없습니다. 아! 물론 대통령님께서는 그 짧은 기간에도 놀라운 성과를 보이셨지만 말입니다."

"이 사람, 아부가 심하네그려."

"아부가 아니라 진실을 말씀드리는 겁니다."

"됐네. 그건 그냥 넘어가기로 하고. 과연 국민들은 어떻게 생각할까?"

"제 아는 분의 표현을 빌려도 되겠습니까?"

김병수의 장점이자 단점 중 하나는 굉장히 직설적이고 솔직하다는 것이다.

못 들을 이유가 없었기에 고개를 끄덕였다.

"군대에 있는 시간처럼 길게 느껴진다."

"왠지 처절함이 느껴지는 말이군."

"물론 그분도 대통령님의 집권은 너무 빨리 간다고 말했습니다."

"흣! 그분이 누군지 궁금하군."

"제 장인 어르신입니다."

"잘해 드리게. 한데 내가 왜 이런 말을 꺼냈는지 알겠는가?"

"중임제를 생각하고 계십니까? 국민들이라면 납득을 할 겁니다. 하지만 야당 쪽에서는 결사 반대를 외칠 게 분명합니다."

"그건 내가 나간다고 했을 때겠지."

"안 나가실 생각이십니까?"

"응, 난 5년이면 충분해. 다음 대통령부터 중임제로 한다고 하면 야당도 싫다고 하진 않겠지."

어차피 차기 대통령도 이하민처럼 만들 것이다. 5년은 너무 짧았고 해야 할 일은 여전히 많았다.

"너무 아깝습니다. 일단 대통령님께서 재임하는 걸로 진행했다가……."

"안 돼! 그랬다간 정말 독재자라는 오명을 뒤집어쓸 테고 진행하려는 일 또한 방해받을게 분명해. 이럴 때일수록 욕심을 버려야 해."

"…대통령님의 나라를 위한 희생과 노력은 후세들이 분명 알아줄 겁니다."

"낯 뜨거운 소리 그만하고 미리 준비를 했다가 선거 끝나는 대로 진행하게."

"알겠습니다. 그리고 박 사무관이 드릴 말씀이 있다고 기다리고 있습니다."

어떤 의미에선 가장 피하고 싶은 인물이 박상권이었다. 그러나 즐겁게 살기 위해선 또한 가장 필요한 인물이기도 했다.

"들어오라 하게."

아니나 다를까 안으로 들어오는 박상권의 손엔 두툼한 서류 뭉치가 있었다.

"간결하게 핵심만 말하게."

준영이 먼저 선수를 쳤다.

"알겠습니다. 먼저 지난번에 지시하셨던 일에 대한 국정원 보고가 들어왔습니다. 여당인 신국민당 의원 92명과 한민족당 의원 50명이 대기업으로부터 정치자금을 받은 것으로 확인됐습니다."

"쯧! 꼴에 여당이라고 쥐여 주는 놈들이 많았나 보군. 정말 욕심은 끝이 없다더니……."

선거에 앞서 준영은 세금으로 주는 선거 지원금을 늘렸다. 물론 돈을 받고 사퇴한 뒤 선거 지원금을 나라에 돌려주지 않는 먹튀는 철저하게 근절했지만 말이다.

거기에 신국민당의 당권을 계속 유지하기 위해 사비도 풀어 정당 지원금 명목으로 의원들에게 나누어 주었다. 즉 펑펑 쓰지 않는 이상 선거를 충분히 치를 수 있게 만들었다.

그런 데도 불구하고 거의 절반에 가까운 의원들이 돈을 받았다고 하니 씁쓸했다.

"대통령님께서 행하고 있는 정책들을 무력화시키기 위함일 가능성이 높습니다."

"그렇겠지. 설령 나라고 해도 내년 하반기부터는 서서히 힘을 잃어갈 거라고 생각할 테니 말이야."

하지만 준영은 결코 레임덕에 휘둘릴 생각이 없었다. 차기 대선이 끝나고 대통령인수위가 꾸려질 때까진 무슨 일이 있더라도 강력한 대통령의 힘을 발휘할 생각이었다.

"어떻게 하시겠습니까?"

"명단은?"

"여기 있습니다."

박상권이 건넨 명단에는 어떤 기업에서 얼마나 돈을 받았는지 상세히 적혀 있었다. 준영은 볼펜을 이용해 쳐내야 할 사람들을 체크했다.

여당, 야당 합쳐 대략 17명이었는데, 이하민에게 반기를 들려는 자들과 야당의 양상희와 경쟁을 하는 자들이었다.

"체크한 자들만 투표하기 전에 끝을 내. 나머지는 중임제 법안을 통과할 때 이용할 테니 정보만 모아두라고 하고."

"역시 대통령님도 중임제를 생각하고 계셨군요? 한데 혹시 연임하실 생각이십니까?"

"아니네. 비서실장에게 말해뒀으니 자네에게 자세히 설명할 걸세. 다음으로 넘어가지."

중임제에 대한 말이 나오자 굳어졌던 박상권의 얼굴이 연임을 안 하다고 하자 풀어졌다.

"다음은 교도소 관련 문제입니다."

"쯧쯧쯧! 이제 하다 하다 그쪽까지 갔나? 그래 교도소가 뭐가 문젠데?"

"수감 시설이 부족합니다."

"응? 얼마 전에 듣기론 범죄율이 줄었다는 얘기를 들은 것 같은데?"

지(地)가 밤의 세계를 장악하고 조폭들을 이용해 구역 정비라는 명목으로 순찰까지 시키니 범죄가 확 줄었다. 게다가 각종 범죄자들까지 직접 잡아 경찰에 인계하거나 정보를 주다 보니 검거율도 덩달아 높아지고 있었다.

"검거율이 높아지고 강력 범죄자들로 인한 장기수들이 많아지면서 조금만 지나면 더 수용할 수 없다는 말이 나오고 있습니다."

"그래서 사형 제도를 부활시키자고? 안 그래도 정권 말쯤 하려고 했었던 일이야. 선량한 국민들을 위해 쓸 돈도 부족한 판국에 그들 걷어 먹이는 것도 일이니까 말이야."

준영은 사형 제도에 대해 찬성하는 입장이었다.

죽을 만큼 큰 죄를 지은 것들이 인간인지 아닌지를 판단해 내린 결정이 아니라, 순수하게 그들에게 들어가는 세금이 아까워서였다.

한 해 수많은 자살자들이 있고 그중에는 생활을 비관해 죽는 이들도 허다했다. 그런 사람들에게 지원할 돈도 없는 마당에 범죄자까지 어찌 신경을 쓴단 말인가.

"그런 의미로 말씀드린 건 아닙니다."

박상권의 범죄자에 대한 생각은 다를 수 있었고 굳이 자신의 생각을 그에게 강요할 생각은 없었다.

"그럼?"

"사형 제도가 부활한다고 해도 이미 형량을 받은 이들을 다시 법정에 세울 수는 없지 않습니까?"

"그야 그렇지."

"그래서 필히 구치소를 지어야 하는데 이왕 지을 것이라면 무기수들과 장기수들을 따로 모아둘 구치소를 만들었으면 합니다."

"왜 굳이 그들만 따로 모으지?"

"무기수들과 장기수들은 어차피 살아서 바깥세상을 못 본다는 생각에 교도관들의 말을 무시하기 일쑤고 그들에게 할당된 일도 거부하는 등 문제가 많습니다. 그렇다고 그들의 행위에 형량을 늘인다고 협박해 봐야 씨알도 먹히지 않고요. 그래서……."

짧게 말하라고 했음에도 박상권은 새로운 교도소가 왜 필요한지 길게 설명했다. 그러나 준영은 꽤 흥미로운 얘기였기에 끊지 않고 끝까지 경청했다.

"그러니까 자네 말을 간추려 보면 그들을 어떤 식으로든 말을 듣게 만들어 노동을 시키자는 얘기군?"

"맞습니다. 인간 같지도 않은 짓을 한 이들을 인권이라는 말로 살려두는 대신 그에 걸맞게 살도록 해야 하지 않겠습니까?"

준영은 박상권이 어쩌면 자신보다 더 사악할지도 모른다는 생각이 들었다. 그러자 그의 의견을 반대할 이유가 없었다.

"후후! 일이 진행되면 몇몇 나라에서 날 욕할 거라는 사실은 알고 있겠지? 우리나라를 미개하다고 말할지도 모른다네."

하여간 죽어버리거나 엄청난 정신적 피해를 입은 피해자들의 인권은 생각지도 않고 피의자들의 인권만 찾는 나라들이 상당히 많았다.

"대통령님께서 남의 이목을 생각하시는지 미처 생각하지 못했습니다."

"허허허! 이젠 날 디스까지 하는군. 맞네. 남의 이목 따윈 생각하지 않지. 그건 그렇고, 그런 이들을 제어하려면 일반 교도관들로는 안 될 텐데? 구치소 또한 상당히 동떨어진 곳에 지어야 할 테고 말이야."

"구치소는 무인도에 만들고 교도관들은 특수부대에서 전역하는 군인들에게 지원 접수를 받을 생각입니다."

고개를 절레절레 흔들며 준영이 말했다.

"역시 디테일한 부분에서는 떨어지는군. 특수부대 전역한 군인들이 왜 무인도에 가서 범죄자들의 뒤치다꺼리를 하겠나? 그들은 각종 정보 단체나 경호업체에 모조리 스카우트된다네. 그리고 어떤 일을 시킬지는 생각해 봤나? 무인도에서 할 일이라곤 수공업 정도일 텐데 어설픈 일을 시키면 재료 값만 낭비하는 꼴이지."

"죄송합니다. 그 부분에 대해선 좀 더 상세히 알아본 뒤에 다시 말씀드리겠습니다."

"아니, 그 부분은 내가 알아보지. 자네는 건물을 지을 섬과 10년 이상의 장기수들 중 악질인 이들에 대한 분류나 해놓게."

"알겠습니다."

준영은 박상권이 자신보다 사악하다고 생각했을지 모르지만 턱을 만지며 즐거운 표정으로 뭔가를 상상하는 이하민을 보는 박상권은 살짝 한기가 돋는 것을 느껴야 했다.

'죄에 대한 대가를 치루는 것이니 상관없겠지.'

두 번 다시 범죄를 저지르고 싶지 않도록 만들고 그들이 바깥세상으로 나가 범죄를 저지르지 않고 확실히 자리를 잡도록 하는 것이 교정교육이라고 생각하는 박상권은 이하민의 상상이 끝나길 기다렸다가 단기수들의 교육 문제에 대한 얘기를 꺼냈다.

"정말 지독한 사람이야."

이하민의 권한을 천(天)에게 넘기고 고글을 벗자마자 준영이 중얼거렸다.

"받아주는 사람이 있어서 그렇지. 받아주지 않으면 결국 그의 제안은 아무짝에도 쓸모없는 것들이야."

불편한지 소파가 아닌 의자—바닥에서 책상과 의자가 나오게 만들었다—로 자리를 옮긴 천(天)이 언제나처럼 화답을 했다.

"그런가?"

그의 제안서를 실행하는 건 결국 자신과 천(天)이었다. 하지만 그렇다고 그의 노력이 저평가될 일은 아니었다.

"어쨌든 오늘 일과는 끝! 요트 여행 갈 준비나 해야겠다."

제주도에 있는 진호천의 요트를 빌려 능령과 함께 바다낚시를 갈 계획이었다. 그래서 3일간 할 일을 하루 동안 몰아서 끝을 냈다.

막 주거 공간으로 올라가려고 할 때 전화가 왔다. 신민혁이었다.

—형, 저 민혁이에요.

"오랜만이다. 학교는 잘 다니고 있냐?"

—네, 근데 형… 부탁이 있어요.

"녀석하곤. 가상현실 게임 아이템 달라고?"

—…아뇨, 저희 아빠 좀 도와주세요! 부탁할 곳이 형밖에 없어요. 제발이요!

우는 건지 전화상으로 들리는 민혁의 목소리는 가늘게 떨리고 있었다.

"차근차근 말해봐라."

바다낚시는 아무래도 다음으로 미뤄야 할 듯했다.

울먹이며 말하는 통해 민혁의 말은 거의 알아들을 수가 없었다. 다만 그의 아버지가 운영하는 회사가 위험에 처했다는 얘기만 간신히 알아들을 수 있었다.

그 정도만으로도 충분했다.

나머진 알아보면 되는 일이었다.

"가족들이 50퍼센트가 넘는 주식을 가진 회사가 갑작스런 주주총회를 통해 대표이사 교체라니 가족의 배신이겠군. 미한그룹에 대해서 알아봐 주겠어?"

"응, 잠시만."

미한그룹은 현재 2대 신경진 회장—민혁의 큰아버지—이 경영하고 있었고 민혁의 아버지인 신경열 회장은 선대로부터 미한리조트를 상속받아 최근 호텔업까지 진출해 있었다.

"미한그룹 사정이 좋지 않아. 건설사가 흔들리면서 그룹 전체에 악영향을 줬고 우리가 행한 개방 정책으로 수입 위주였던 유통이 거의 망하다시피 하면서 적자가 심해졌어."

"건설 호황기인데 건설사가 흔들리다니 무슨 일이 있었던 거야?"

영상의 도시를 시작으로 전국 여덟 곳에서 이루어지고 있는 실버타운, 게다가 외국 업체들이 들어오면서 각종 시설물들을 짓고 있다 보니 호황이라 할 만했다.

"아직 옛 관습을 버리지 못하고 뒷돈으로 공사를 따려고 했겠지. 변화에 적응을 못 한 대가를 톡톡히 치르고 있는 거야. 각설하고 미한그룹이 미한리조트와 호텔이 가진 부동산에 눈독을 들인 것 같아. 현재 적자를 메우기 위해선 다른 대책이 없거든."

"음, 미한리조트의 부동산을 팔아 적자를 메운다고 해도 현 상황대로라면 무너지는 건 시간문제군."

천(天)이 바탕 화면에 깔아준 서류에는 미한그룹이 가능성이 없다고 말해주고 있었다.

미한그룹이 무너지는 건 어쩔 수 없었다. 하지만 협력 업체 200여 곳과 사원들이 문제라면 문제였다. 거기에 멀쩡한 미한리조트까지 끌고 들어간다면 그 파장은 더욱 커질 수밖에 없었다.

"주식 현황은?"

"신경열 회장의 보유 주식이 25퍼센트, 맏이인 신경진이 10퍼센트, 셋째 딸인 신경미가 10퍼센트, 배다른 넷째 아들이 6퍼센트. 그 외 은행권이 가진 20퍼센트를 제외하곤 1, 2퍼센트의 소유자가 일곱 명 정도 있고 나머지는 소액주주들이야."

"은행권 주식만 확보하면 방어하는 데 별로 문제가 없겠군."

"이미 손을 썼을 텐데? 하긴 이하민의 힘을 이용한다면 일도 아니겠네."

어떻게 해야 할지 계획을 세운 준영은 민혁에게 전화를 걸어 신경열과 약속을 잡았다.

능령은 바다낚시 약속이 취소되었다는 것에 아쉬워하긴 했지만 민혁을 알고 있어서인지 별다른 말은 하지 않았다.

*　　*　　*

"그러고 보면 불과 5년 동안 참 많이 변했군."

예전 과외 아르바이트를 했던 민혁의 집—정확하게는 신경열의 집이었지만—을 보고 있자니 이 세계에 적응하고자 마음먹고 아등바등할 때가 생각났다.

"오랜만이에요, 안 선생님. 아니, 이젠 안 회장님이라고 불러야겠죠?"

민혁의 어머니인 송민아가 다소 핼쑥해진 얼굴로 반겨주었다.

"모르는 사이도 아닌데 편하게 부르세요."

"그럴 수가 있나요? 앉아요. 그이가 처리할 일 때문에 조금 늦는다고 미안하다고 전해달래요."

"괜찮습니다. 민혁인요?"

"안 회장님 볼 낯이 없다고 지금 방에 들어가 있어요. 무슨 일 있었어요?"

전화상으로 훌쩍거린 것이 마음에 걸렸나 보다.

"글쎄요. 좀 있다 내려오겠죠. 종종 어머님이 타 주던 커피가 생각나던데 부탁드려도 될까요?"

"호호! 그래요. 기다리는 동안 심심하면 서재에 가서 그림이라도 보고 있어요."

"그럴까요?"

거실에 뻘쭘하게 혼자 있기도 뭐했던 준영은 잘됐다 싶어 서재 문을 열어두고 안으로 들어갔다.

한쪽 벽으로는 책들이 단정하게 꽂혀 있었고 다른 삼면에는 다양한 그림들이 걸려 있었다.

"꽤 잘 어울리네."

준영이 알 만큼 이름 있는 화가들의 그림은 아니었지만 창문이 없는 서재에 어울리는 풍경화들이었다.

천천히 훑어본다고 했지만 커피가 오기 전에 그림을 모두 본 준영은 책장 앞에 서서 책들을 살폈다.

법 관련 서적들과 유명한 양장본 소설들이 질서 정연하게 꽂혀 있었지만 준영의 흥미 분야가 아니었기에 뽑아볼 생각도 하지 않았다.

"어라, 컴퓨터 서적이네?"

20년은 족히 넘은 듯한 프로그래밍 관련 서적들이었지만 다른 책들보다 오히려 반가웠다.

그중 한 권을 뽑자 겉표지에 '전자공학과 4학년 송민아'라고 적힌 라벨이 붙어 있었다.

"공대 여신이라 불리셨겠네. 하하!"

송민아의 외모를 생각해 보면 공대뿐만 아니라 학교 전체에서 이름을 날렸을 것이 분명했다.

공부도 꽤 열심히 했는지 색색의 형광펜으로 밑줄을 그어 놓거나 요점을 정리해 놓은 글들도 꽤 적혀 있었다.

그뿐만이 아니었다.

누군가와 사랑을 속삭였는지 대화체의 낙서도 눈에 띄었다.

이야기 중에 제일 재미있는 것이 남의 연애 얘기라고 했던

가. 빠르게 책을 넘기던 준영의 손이 멈췄고 눈은 빠르게 대화를 읽어갔다.

오늘 점심은 뭐 먹을까?

스파게티 어때요?

날씨도 더운데 삼계탕 어때? 내가 맛있는 집 알고 있는데.

피~ 자기가 결정할 거면 뭣하러 물어봐요?

ㅎㅎㅎ 그런가?

그나저나 책에 낙서하면 어떻게 해욧! ㅠㅠ

글에서 두 사람의 사이가 그려진다고 하면 오버일지도 모르지만 준영은 흐뭇한 미소를 짓고는 혹 다른 글이 있는지를 살펴보았다.

몇 군데 더 있었는데 대화의 내용을 보아 송민아의 상대는 과 조교인 듯 보였고 그녀와 꽤 깊은 관계처럼 보였다.

물론 준영의 생각일 뿐이었지만 말이다.

'더는 없는 건가?'

책의 3분의 2 부분부터는 수업 진도가 나가지 않았는지 꽤 깨끗했다.

더 이상 없다고 생각하고 덮으려고 할 때 한 장의 종이가 바닥으로 떨어졌다.

연애편지였다. 아니, 읽다 보니 청혼 편지라 해야 할 정도로 두 사람의 미래에 대해 속삭이고 있었다.

…혼자 내버려 둬서 미안해. 나 역시 버티기 힘들구나. 이번 프로젝트만 끝난다면 절대 떨어지지 않을 거야 …(중략)…… 틈이 날 때마다 너와 함께하는 미래를 꿈꾼단다. 정원 한쪽에서 난 고기를 굽고 넌 차가워진 맥주를 가져오고 우리 둘의 사랑의 증표인 아이는 강아지와 뛰어놀고… 참! 아이 이름을 생각해 봤어. '준영'이 어때? 준걸할 준(俊), 비출 영(暎). 재주가 뛰어나 세상을 비출 사람이 되라는 뜻에서 만든 이름이야. 딸이면 어쩌냐고? …하늘이 어때? 하늘처럼 푸르게 자라라고… 헤헤! 급조한 티가 나지? 사실 널 닮은 아들이면 좋을 것 같아. 아, 하늘이가 있다면 대지라고 지어도 되겠구나. 어쨌든 셋 정도는 생각해 보자 …(중략)…… 벌써 새벽이다. 넌 자고 있겠지? 꿈속에서 만나기 위해서라도 자야겠다. 사랑한다, 민아야 ♡♡♡!

언제나 너에 곁에서 함께하고픈 교우가.

편지지를 든 준영의 손은 자신도 모르게 떨고 있었다.

'준영, 하늘, 대지… 교우? 박교우 박사? 이, 이게 도대체…….'

머릿속은 순간 혼돈이라도 찾아온 듯 뒤죽박죽이 되어버렸다. 그리고 그 혼돈을 그대로 내버려 두고 망연자실 '교우'라는 글자만을 뚫어지게 쳐다볼 뿐이었다.

"안준영 회장님? 뭘 그리 재미나게 보고……!"

무엇인가 생각날 듯 말 듯 할 때 송민아가 커피와 과일을 들고 서재로 들어왔다.

그녀는 준영이 보고 있는 편지를 보더니 화들짝 놀라며 쟁반을 든 채 어쩔 줄을 몰라 했다.

머리가 혼란스러웠지만 기본적인 예의까지 잊을 만큼은 아니었다.

준영은 편지를 책갈피 사이에 넣고 책을 원래대로 책상에 꽂으며 말했다.

"아! 죄송합니다. 컴퓨터 책이 있어서 반가운 마음에 보다가 우연찮게 읽게 되었습니다. 한데 어머님이 유명한 공과대학의 컴퓨터공학과 출신이라니 왠지 더 반갑게 느껴지네요."

"…아, 아니에요. 그 편지가 그 책 속에 있는 줄은 저도 몰랐어요. 그 사람과 헤어지면서 모두 없앴다고 생각했는데… 왠지 과거를 남에게 들킨 것 같아 조금 부끄럽네요."

말을 하면서 송민아는 언제 놀랐냐는 듯 본래의 얼굴로 돌아왔다.

"또 다른 실례를 저지르지 않으려면 커피는 거실로 가서 마셔야겠네요."

"그래요, 그럼."

소파에 마주 앉은 채 두 사람은 한동안 말이 없었다. 그러나 준영은 묻고 싶은 것이 있었기에 송민아의 눈치를 보다가

운을 뗐다.

“편지 말미를 얼핏 보니 박교우 박사님과 학교를 같이 다니셨나 봅니다?”

“…동문이었어요. 내가 학교를 다닐 당시 박교우… 박사는 조교였죠.”

송민아는 별로 말하고 싶지 않은 얘기였지만 태연한 척하기 위해 대답을 했고 준영은 쾌재를 부르며 질문을 이어갔다.

“우와! 제가 제일 존경하는 분이 박교우 박사님입니다. 그때 당시부터 엄청난 천재셨겠죠?”

“유명했었죠. 교수님들조차 그 사람에게 물어봐야 할 정도였으니까요.”

“인공지능 컴퓨터에 관한 것은 그때부터 연구를 했었나요?”

“간혹 인공지능 컴퓨터에 대해 말했었죠. 그때마다 잔뜩 흥분해서 한두 시간은 혼자 떠들었었는데…….”

준영은 빙빙 돌려 질문했고 그때마다 간단히 대답해 주던 송민아가 결국 먼저 입을 열었다.

“휴우~ 안 회장님이 궁금한 건 교우 씨와 내가 사귀었는지 여부인가요? 나이 든 사람의 러브 스토리를 듣고 싶은 건 아닐 테고? 정말 묻고 싶은 게 뭐죠?”

“사귀었던 것 같은데 어쩌다가 헤어지셨습니까?”

“흔한 이유죠. 집안의 반대.”

그 후의 일은 묻지 않아도 알 것 같았다.

송민아와 헤어진 박교우 박사는 시련의 아픔을 잊기 위해 연구에 매진했고 결국 인공지능 컴퓨터를 개발하게 되었다는 얘기일 것이다.

"아까도 말씀드렸다시피 박교우 박사님을 존경해서 그분의 흔적들을 모으는 게 취미입니다. 그래서 혹시나 그분이 남긴 쪽지나 물건이 있으시다면 보여주실 수 있으신지?"

준영이 진짜 묻고 싶은 것은 이것이었다.

"아까도 말했다시피 이미 오래전에 다 없앴어요. 설마 취미 생활을 위해 아까 그 편지가 갖고 싶다는 뜻은 아니겠죠?"

"절대 아닙니다! 그건 무례를 넘어선 모욕이죠."

"안 회장님이 예의 바른 사람이라 다행이네요. 그리고 그 사람에 대한 물건은 정말 없어요. 결혼하기 전에 정리를 했고 그 후로 몇 번 이사를 했으니 남아 있을 리가 없죠."

"…그렇군요."

아쉬웠다. 박교우 박사와 연관된 물건을 보다 보면 지금 꽉 막혀 있는 듯한 기억의 벽을 허물어뜨릴 수 있을 것 같았기 때문이었다.

하지만 궁하면 통하는 법이었다.

"박교우 박사와 연관된 물건이라면 박교우 재단 박물관에 가보면 있을 거예요."

"……!"

"간혹 불우 이웃 돕기 성금을 마련하기 위해 그가 쓰던 물건을 팔기도 한다더군요. 그러니 그곳에서 구하는 게 가장 좋을 거예요."

박물관으로 당장 달려가고 싶었다.

하지만 시간이 10시로 향해 가는데 열려 있을 리가 없었다.

딩동!

그때, 신경열이 왔는지 벨 소리가 들렸다.

"그이가 왔나 보네요. 조금 전에 있었던 일은……."

"보지도 듣지도 못한 일입니다."

"고마워요. 우리 정도 나이가 들면 과거야 웃으면서 말할 수 있는데 요즘 사정상 그러지 못하네요. 그리고 혹시 예전 과외할 때 내가 실수한 것이 있다면 그것도 잠시 잊어줄래요?"

송민아가 뭘 말하려고 하는지 알 것 같았다.

"잘 대해주셨잖아요. 그리고 민혁이도 저에겐 동생 같은 녀석이고요. 긍정적으로 생각하고 왔으니 너무 걱정 마세요."

"고마워요."

신경열이 들어오는 동안 준영은 마음을 가다듬고자 했다.

하지만 마음은 이미 내일 박물관 개장 시간으로 가 있었고 머릿속은 꼬리에 꼬리를 무는 생각들로 더욱더 꼬여갈 뿐이었다.

8장 인지

"응, 얘기는 좋게 끝났어. 내일 아침에 일찍 갈 데가 있어서 명천호텔에서 자려고. 미안. 밤늦게라도 가려고 했는데."

—나야 하늘 씨랑 같이 술 한잔하고 자면 되니 신경 쓰지 마. 그나저나 왠지 목소리에 힘이 없는 것 같은데?

"머리가 좀 복잡해서."

—내가 특별히 오늘만 용서해 주지. 아래층 클럽에 가서 늘씬한 아가씨들 보면서 기분 풀어. 물론 보는 것만이야. 거기서 딴짓하다간 어찌 되는지 알지?

"딴짓하려고 했으면 명천으로 왔겠니. 바에서 술이나 마시고 잘게. 내일 봐."

전화를 끊은 준영은 창밖으로 한 블록 떨어진 곳에 있는 교우재단을 바라보았다.

집에 간다고 해도 신경이 쓰여 잠을 자지 못할 것이 빤했기에 신경열과 얘기를 마치자마자 박물관과 가까운 명천호텔로 온 것이다.

미한리조트 일은 은행권에 있는 주식을 준영이 먼저 취득한 후 차후에 신경열이 프리미엄을 얹어 사는 것으로 해결을 보았다.

수수료는 필요 없다고 했지만 신경열은 도와주는 것만으로 충분하다며 지불 의사를 밝혔기에 굳이 더 이상 마다하지 않았다.

쳐다본다고 박물관이 열릴 일은 없었기에 준영은 술을 마시기 위해 바가 있는 스카이라운지로 올라갔다.

"이거 병째로 줘요. 그리고 저 사람들에겐 마티니 한 잔씩 주고요."

창가 자리로 간 준영은 경호 로봇들을 위해 한 잔씩 주문하고 자신의 것은 병째 주문을 했다. 정신을 잃을 정도로 취해야 잠이 올 것 같아서였다.

지(地)의 세상에서도, 몸을 빼앗은 현실에서도, 박교우 박사의 편지에도 준영이라는 이름이 언급되었는데 이게 과연 우연에 불과한 것인가? 아님 어떤 의미가 있는 것일까?

준영은 당장 천(天)에게 전화를 걸어 묻고 싶었다.

스마트폰을 꺼낸 준영은 통화 버튼을 누를까 말까를 고민하다 결국 다시 테이블에 놓고 말았다.

우선 내일 박물관을 방문해 보고 천(天)과 얘기하는 것이 더 나을 것 같다는 생각에서였다.

"애인에게 차였나요?"

조금은 서툰 한국어 음성에 준영은 시선을 들었다.

위로는 가슴이 절반쯤 보이고 아래로는 살짝 몸만 낮춰도 속옷이 보일 정도로 짧은 원피스를 입은 여자가 칵테일 잔을 들고 다가왔다.

준영은 손을 들어 일어서려는 경호원들을 저지한 후 말했다.

"표가 많이 나나요?"

"홀로 창가에 앉아 술을 마시며 스마트폰을 만지작거리는 것이 아무래도 그런 게 아닐까 싶어서요. 잠깐 앉아도 될까요? 오해는 마세요. 저도 오늘 기분이 좋지 않아 잠깐 대화할 상대가 필요한 것뿐이거든요."

오해할 리가 없었다. 호텔을 거점으로 일하는 직업여성이라는 걸 바로 알아챘으니까 말이다.

"앉아요. 마시고 싶은 것 있으면 마시고요."

"저도 오늘은 독한 걸 마시고 싶으니 같이 마셔요."

술이 아까웠다면 말을 걸었을 때 경호원을 말리지 않았을 것이다.

"제 경험상 고민은 대화로 푸는 게 가장 좋은 것 같더라고요. 그러니 말해봐요. 어떤 아가씨이기에 이렇게 멋진 오빠를 찼는지 궁금하네요."

"사실 여자에게 차인 것 때문에 이러고 있는 게 아닙니다. 다른 고민이 있죠."

"오홍~ 상관없으니 말해봐요."

준영은 머릿속이 너무 복잡해 자신에 대해 아무것도 모르는 사람에게 뱉어 자신의 상황을 객관화시키고 싶었는지도 모른다.

준영은 술을 마신 후 입을 열었다.

"내가 누구인지 나도 모르겠어요. 뭐가 진실인지 아닌지도 모르겠고. 하나가 풀리면 하나가 꼬이고, 또 다른 하나가 풀리면 몇 개가 꼬이죠."

"…무슨 말인지 하나도 모르겠어요."

"쉽게 말하면 내 안에 숨겨진 내가 있는 것 같다는 말이에요."

"다중 인격?"

"그와 비슷해요. 과연 그중에 진정한 나는 누구일까요? 현재의 저일까요? 아님 그일까요?"

'미친 놈!'

준영의 말을 듣던 여자가 준영이 눈치채지 못하게 인상을 쓰면서 속으로 외쳤다.

한때 중국 삼합회에 얽매여 호텔 손님을 상대로 몸을 팔던 그녀는 어느 날 갑자기 삼합회 한국 지부가 사라지면서 자유를 찾게 되었다.

하지만 배운 게 도둑질이라고 여전히 호텔을 찾는 손님들을 상대로 호객 행위를 하고 있었는데 그녀에게도 나름 철칙은 있었다.

바로 정신적으로 문제가 있는 놈은 절대 상대하지 않는다는 것이었다.

평소라면 상대가 무슨 말을 해도 같이 맞장구를 치며 들어주겠지만 이미 상대하지 않겠다고 마음을 먹자 말이 곱게 나오질 않았다.

"제가 보기엔 배가 불러 투정을 부리는 것 같군요. 현재 당신이 어떻게 사는가가 중요하지 속에 누가 있든 뭐가 중요해요? 당신, 부자죠? 먹고살 걱정이 없으니 그런 고민을 하는 거예요. 하룻밤… 아니, 하루 벌어 하루를 먹고사는 사람은 다음 날이 고민이지 그런 배부른 고민 따윈 할 새가 없어요."

"……."

뒤통수를 맞은 기분이었다.

빈정대는 말이 분명했지만 복잡하던 머리가 조금은 풀리는 기분이었다.

그녀의 말처럼 자신이 삶에 허덕이고 있었다면 과연 이런 고민을 하고 있을 수 있을까? 오히려 새로운 삶이 있기를 바라지 않았을까?

물론 그렇다고 해서 완전히 맞다고는 할 수 없었다.

"제가 배부른 고민이라면 당신은 어떤 고민을 하고 있죠?"

"방금 말했잖아요, 내일이 걱정이라고. 각종 공과금과 월세를 내다 보면 한 달이 어떻게 지나는지도 몰라요."

"그런가요? 당신 말처럼 전 승승장구하며 살아왔어요. 힘든 일을 겪었다곤 하지만 돈에 대한 걱정은 크게 한 적이 없었죠. 당신이 어떤 삶을 살았는지 얘기해 줄 수 있어요?"

순탄치 않은 삶이라는 건 어느 정도 눈치로 알 수 있었지만 그녀의 입으로 직접 듣고 싶었다.

남의 불행으로 자신의 불행의 크기를 가늠하려는 유치한 짓이었지만 지금은 그렇게 해서라도 복잡한 심사를 줄이고 싶었다.

"과거는 생각하기도 싫어요. 그리고 저 바빠요. 내일을 위해 움직여야 할 때거든요."

여자가 자리에서 일어나려고 할 때 준영이 지갑을 꺼냈다.

"당신이 어떤 일에 종사하는지 알아요. 물론 그렇다고 당신을 무시할 생각은 추호도 없어요. 다만 당신의 말로 인해 내 고민이 조금이라도 덜어진다면 대가는 충분히 지불하도록 하죠."

"…얼마나요?"

"보통 하룻밤에 얼마나 받죠? 1,000불?"

"…그 정도는 받아요. 때에 따라선 500불을 받을 때도 있지만요."

보통 300불에서 500불이었고 아주 간혹 인심이 후한—그녀의 표현을 빌리자면 호구 잡힌— 손님 정도만 1,000불을 줬다.

준영은 100만 원 수표를 꺼내 그녀 앞쪽으로 밀었고 다시 아홉 장을 더 꺼내 자신의 앞에 놓았다.

"시간을 뺏는데 돈은 당연히 지불해야겠죠. 앞에 놓인 금액으로 당신의 한 시간을 사죠."

여자는 자신의 앞에 놓인 100만 원보다 준영의 앞에 놓인 900만 원에 눈이 더 갔다.

"조, 좋아요. 한 시간 정도라면 상관없겠죠. 물론 이야기 비용일 뿐이에요. 잠을 자기 위해선……."

"난 그저 이야기를 듣고 싶을 뿐입니다. 그리고 당신의 이야기를 듣고 제가 만족한다면 제 앞에 놓인 이 돈도 당신의 것이 될 겁니다."

"그건 너무 주관적인 거잖아요?"

"내가 느끼는 거니 당연히 주관적이겠죠. 만족한 만큼은 드리죠. 할래요? 말래요?"

눈앞에 그녀가 있어서 선택한 것뿐이었다. 만약 거절한다면 근처 술집을 가는 것만으로도 충분히 목적을 달성할 수 있을 터였다.

"…하죠."

수표를 낚아채 브라 안쪽으로 밀어 넣은 그녀는 마음의 준비가 필요한지 마시다 만 양주잔까지 비우고 나서야 입을 열었다.

"어디서부터 할까요? 중국 오지 마을에서 TV를 보며 도시를 동경하던 소녀가 집을 도망쳐 나와 도시로 향하는 기차를 타는 것부터 시작하는 게 좋겠죠? 그때가… 7년 전이니 열여덟 살 때군요. 기차에 올라탄 난 도시로 나간다는 설렘에 긴 기차 여행 동안 한숨도 자지 못했었죠. 하지만 막상 도시에 도착하고 보니 TV로 보던 화려한 곳이 아니더군요."

그녀의 얘기는 드라마나 영화에 나온 내용과, 준영이 추측했던 내용과 거의 일치했다.

지낼 곳 없던 그녀에게 접근한 흑사회 일원이 있었고 일을 시켜준다기에 따라갔다가 결국 몸을 파는 처지가 되었다는 것이 주된 내용이었다.

그러나 드라마나 영화와 다른 점이 있다면 직접 모든 것을 겪은 그녀의 목소리와 시시각각으로 변하는 표정이 이야기가 아닌 현실로 다가오게 해줬다.

무척 힘겹게 살아온 그녀를 보고 있자니 비록 여전히 머리가 복잡하긴 했지만 아주 조금은 별거 아닌 것처럼 느껴지기도 했다.

그녀는 양주 반병을 넘게 마신 후에야 얘기를 끝마쳤다.

"당신이 보기에 내가 쓸데없는 고민을 하고 있다는 거 백번 공감합니다. 하지만 다른 사람의 팔다리가 잘리는 고통보다 내 손에 찔린 가시가 더 아프게 느껴지는 것처럼 고민이 사라지지는 않는군요."

"훗! 역시 주기 싫은 모양이네요? 하지만 아까 말했듯이 당신의 주관적인 판단인데 어쩌겠어요. 그건 그렇고, 얘기를 듣다 보니 땡기지 않아요? 거기서 두 장만 준다면 당신을 극락으로 보내줄 수 있어요. 물론 이번에도 주관적으로 판단해도 되고요."

노골적으로 고개를 숙여 가슴골을 보여주는 모습에 준영은 고개를 젖혀 물러나 앉으며 말했다.

"고민이 사라지지 않았다고 했지, 만족하지 않았다고는 안 했어요."

"그럼?"

"아까 당신이 고민은 대화로 풀어야 한다고 했었죠? 맞는 말 같아요. 다행히 오늘 밤 잠들 정도로는 진정이 되는 것 같아요. 이 돈은 이제 당신 겁니다."

준영은 아홉 장의 수표를 그녀 앞으로 밀었고 그녀는 잠시 어리둥절해하더니 누가 볼 새라 브라 속으로 재빨리 집어넣었다.

'큭! 돈이 조금 부럽긴 하군.'

그녀가 말한 극락이 어떤 것인지 궁금하긴 했지만 딱 거기까지였다.

방으로 가 샴페인으로 입가심한 후 자야겠다는 생각으로

마지막 잔을 비우는데 호텔 직원 복장을 한 중년 사내가 다가왔다.

"여기 계셨군요. 진 사장님이 클럽에 계실 거라고 해서 한참을 찾았습니다."

"아! 번거롭게 하기 싫어 그냥 온 건데… 능령이 괜한 일을 했군요."

"평소와 조금 다르다고 많이 걱정하셨습니다. 그리고 현재 머무르는 객실 말고 가족분들이 쓰는 곳으로 안내하라고 하셨습니다. 한데……."

중년의 사내는 말을 하다가 맞은편에 앉은 여자를 보곤 살짝 얼굴이 굳었다.

"혹, 이 여자가 혹시 불편하게 했습니까?"

중년 사내도 그녀를 잘 알고 있는지 준영이 그렇다고 하면 당장 내칠 기세였다.

"아뇨, 정반대로 기분을 풀게 해줬습니다. 예전부터 있었던 일을 굳이 제가 왔다고 뒤집는다면 더 많은 사람들이 다치지 않겠습니까?"

괜한 분란을 만들지 말라는 경고였고 중년 사내는 금세 알아들었다.

"알겠습니다. 머물던 방에 짐이 있으시다면 직원을 시켜 옮겨 드리도록 하겠습니다. 지금 방으로 안내해 드릴까요?"

"그러죠. 참, 제가 잡은 방은 이 아가씨에게 주고 싶은데 괜찮겠죠? 제 고민을 받아주느라 조금 피곤한 것 같아서 말이죠.”

“물론입니다.”

준영은 카드 키를 꺼내 여자에게 건넸다.

“오늘 고마웠어요. 이건 보너스. 오늘 하루만이라도 편히 쉬어요.”

얼떨결에 카드 키를 받아드는 여자에게 작별 인사를 하고 자리에서 일어나 중년 사내를 따라나섰다.

“진 사장님이 쓰시던 방입니다. 혹 필요한 것이 있으시면 준비해 드리겠습니다.”

준영이 머물던 객실과 크게 차이는 없었지만 능령의 향기가 배어 있는 것 같아 무척 마음에 들었다.

“시원한 샴페인 한 병 부탁드리죠. 그리고 아까 그 여자와는 아무 일도 없었으니 능령에겐 말하지 말아주셨으면 합니다. 괜한 걱정 끼치고 싶지 않거든요, 전한중 실장님”

“…알겠습니다.”

말한다고 해도 딱히 문제될 것은 없었다. 하지만 콜걸과 얘기를 나눴다면 혹시나 기분 나빠 할 수도 있는 일이었기에 단속을 했다.

진명천의 호텔이긴 했지만 실장을 정년 퇴임 하게 만들 힘은 준영에게도 있었다.

무거웠던 머리가 약간이나마 가벼워졌고 능령의 향기가 배어 있는 침대에 누워 샴페인을 마셔서인지 모르겠지만 준영은 세 잔을 채 비우지 못하고 잠이 들었다.

7시 30분쯤 잠에선 깬 준영은 씻고 간단히 아침을 먹은 후 박교우 박물관으로 향했다.

'15분 남았군.'

심장은 어느 때보다 빠르게 뛰고 있었다.

진정하려고 몇 번이고 심호흡을 해보지만 전혀 소용이 없었다.

8시 55분이 되자 문 위에 붙어 있는 모니터에 박물관 문이 열렸다는 메시지가 흘러나왔다.

"하아아압~ 푸후후후후~"

지나가는 사람들이 힐끗힐끗 쳐다볼 정도로 크게 숨을 들이마시고 내뱉은 준영은 박물관으로 다가갔고 어느 정도 가까워지자 안내 멘트와 함께 문이 열렸다.

인공지능 컴퓨터를 만드신 박교우 박사님의 세계에 오신 여러분을 환영합니다!

박물관 안으로 들어서자 넓은 초원이 펼쳐졌다.

갖가지 동물들이 평화롭게 거닐고 있었고 하늘엔 각양각색의 나비들이 각자의 색깔을 뽐내며 날고 있었다.

광범위하게 펼쳐진 홀로그램.

아이들이라면 모를까 스튜디오를 만든 준영에게는 딱히 감흥을 주지 못했다. 아니, 지금은 어떤 것도 눈에 띄지 않는다고 해야 맞을 것이다.

한가로이 풀을 뜯고 있는 동물의 몸통을 뚫고 일직선으로 안내 데스크로 갔다.

"어서 오십시오~"

"박물관을 구경하고 싶은데요."

"세 분이십니까? 표를 들고 안으로 들어가셔서 내레이터의 안내를 받으면 더욱 즐겁게 구경하실 수 있으실 겁니다."

공짜 표를 받아 든 준영은 전시실 입구로 들어섰다.

"안녕하세요. 세 분의 안내를 맡게 된 내레이터 손선영입니다. 지금부터 간단한 설명과 함께 고(故) 박교우 박사님과 그분이 만든 인공지능 컴퓨터에 대해서 알아보기로 할 텐데요. 궁금한 점이 있으면 언제든지 물어봐 주시기 바랍니다. 아시겠죠?"

지방 전문대 컴퓨터정보처리학과 2학년 1학기를 마치고 취업을 위해 휴학 중인 손선영은 박교우 박사의 박물관에서 내레이터로 아르바이트를 하고 있었다.

그녀는 어린 시절 박교우 박사 관련 책을 읽고 난 뒤부터 그를 우상처럼 여기며 그를 뒤따르는 컴퓨터공학자가 되길 꿈꾸었었다.

그러나 현실은 냉엄했다.

딱히 머리가 좋은 것도 아니었기에 그저 그런 대학교에 입학하게 되었고 작년에 취업에 실패하면서 현재는 3개월째 아르바이트로 자신의 용돈을 벌고 있는 중이었다.

그녀는 현재 하고 있는 내레이터 아르바이트가 정말 마음에 들었다. 비록 하루 종일 말도 제대로 듣지 않는 어린아이에게 설명을 해야 하는 일이었지만 그녀가 존경하는 박교우 박사에 대해 마음껏 뽐낼 수 있다는 것만으로 만족감은 충분했다.

그래서 오늘도 힘내서 일하자며 문을 열자마자 들어오는 방문객에게 최대한 밝은 목소리로 인사를 했다.

"……."

한데 돌아오는 것은 인상을 팍팍 쓰고 있는 더러운 인상이었다.

'표정 좀 풀어라. 아침에 똥이라도 씹었니?'

경호원으로 보이는 두 사람이야 그렇다고 해도 구경 왔을—어디 가다가 시간이 남아 들른 것이겠지만— 남자는 뭐가 그리 고민인지 인상을 쓴 채 대답이 없었다.

설명을 할 때 반응이 없는 것만큼 힘든 일은 없었다. 미친년처럼 혼자 떠드는 기분은 겪어보지 못한 사람들은 모를 것이다.

"자아~ 그럼 시작할까요?"

아이들이라면 집중하라고 한마디 해줬겠지만 다 큰 남자에게 그런 말을 할 배짱은 없었다. 그래서 다시 한 번 호응을 이끌어내기 위해 최대한 방긋방긋 웃으며 물었지만 역시나 묵묵부답.

손선영은 속으로 이를 갈며 설명을 시작했다.

"앞에 홀로그램으로 있는 분이 박교우 박사님이세요. 현실과 다를 바 없는 가상현실 기술을 만드신 분이죠. 하늘도 시샘한 걸까요. 인공지능 컴퓨터와 가상현실 게임을 거의 완성한 상태에서 과로로 돌아가셨답니다. 다음은……."

박교우 박사를 설명하고 막 다음 단계로 넘어가려는 순간 끝까지 입을 다물고 있을 것 같았던 왜소한 사내가 질문을 했다.

"정말 과로로 사망하신 겁니까?"

"네? …네, 물론이죠. 문제 있나요?"

"…아뇨, 다른 환영이 잠시 보이길래요. 죄송합니다. 진행하세요."

'환영이 보인다고? 역시 이상한 사람이야!'

박교우 박사가 과로로 죽었다는 사실을 모르는 사람이 대한민국에서 몇 명이나 될까?

손선영은 자신이 존경하는 인물이 눈앞의 사내에게 무시당했다는 느낌에 약간 화가 났다.

그러나 그녀는 현실을 모를 만큼 어리지 않았다. 꾹 참고 다음 단계로 넘어갔다.

오른쪽 방향으로 약간 걷자 박교우 박사가 대학 연구소에 있을 때 만들었던 초기 컴퓨터부터 인공지능 컴퓨터가 나오기 직전 모델까지 전시되어 있었다.

"…이런 과정을 거쳐 10년 전 드디어 인공지능 컴퓨터 M—365가 완성되죠. 스스로 생각할 수 있는 컴퓨터로, 자신의 부족한 부분까지 스스로 보완책을 마련한 일화는 모두 사실입니다. 여기서 기념품을 받기 위한 문제. 과연 어느 것이 진짜 M—365인지 알아맞혀 보세요."

손선영은 최선을 다해 설명했다. 그게 그녀의 보람이었고 그녀의 일이었기 때문이었다.

그래도 지금처럼 진상 손님에게는 그녀만의 특별한 복수가 있었다.

바로 기념품을 주기 위한 문제를 아주 어렵게 내는 것이었다. 보통의 경우 세 개에서 많게는 다섯 개의 예를 보여주지만 말을 듣지 않거나 통제에 따르지 않는 이들에게는 스무 개의 예를 보여줘 기념품을 못 받게 했다.

게다가 방금 전 봤던 예전 모델들과 외형이 완전히 달라 백이면 백 못 맞췄다.

"그럼 보기를 보여 드릴게요."

아이들이고 어른들이고 문제를 낸다고 하면 집중을 하게 마련이었다. 아니나 다를까 사내도 궁금한 표정으로 자신을 바라보고 있었다.

손선영은 빙긋 웃고는 홀로그램의 한 부분을 손으로 만지더니 양팔을 쫙 벌렸고, 곧 스무 개의 보기가 주변을 빙 둘러 나타났다.

"자! 맞춰보세요. 특별히 첫 손님이니 맞히시면 두 종류의 기념품을 드리도록 하죠."

공짜 기념품이라고 해도 가지지 못하면 기분이 나쁜 법이었다. 하물며 두 개를 준다고 했는데 못 맞히면 두 배는 기분이 나쁠 것이라고 생각한 손선영은 득의양양한 표정을 지으며 사내에게 말했다.

"이거군요. M-356……."

한데 단번에 맞춰 버리는 사내.

손선영의 표정이 살짝 굳었다.

'예전에 왔던 손님인가?'

우연이라고 보기에 사내는 다른 것들은 쳐다보지도 않고 정확히 M-365만 바라보고 있었다. 마치 아주 그리워하던 뭔가를 본 사람처럼 말이다.

물론 이럴 때도 방법은 있는 법.

"바꿀 기회가 있는데 어쩌시겠어요?"

이러면 귀가 얇은 사람은 거의 바꾸게 마련이었다.

하지만 사내는 못 들었다는 듯 아무런 말도 하지 않았다.

'으~ 끝까지 해보자는 거지, 똥 씹은 얼굴?'

손선영은 재빨리 머리를 굴려 매뉴얼에도 없는 다음 단계를 만들었다.

'찍는 데 자신이 있다면 주관식으로 내면 되지.'

컴퓨터에 대해 관심이 없는 사람이라면 절대 맞추기 힘든 문제를 냈다.

"M—365의 실제 이름은 무엇일까요?"

"마더."

그녀가 물어본 질문의 답은 마더가 맞았다. 하지만 왠지 맞춘 걸 인정하기 싫었던 그녀는 얼마 전에 박물관 대청소를 하다가 발견했던 박교우 박사의 일기를 상기해 내곤 아니라고 말했다.

"…트, 틀렸어요. 인공지능 컴퓨터의 이름은 분명 마더가 맞아요. 하지만 프로그램의 이름은 달라요."

"컴퓨터와 프로그램이 각각의 이름을 가지고 있다는 말인가요?"

"네."

"그런 얘기는 들어본 적이 없는데요?"

"쉽게 들을 수 없죠. 그건 박사님의 일기에 나와 있는 얘기거든요."

"일기장도 전시가 되어 있나요?"

"일기장이 아니랍니다. 즐겨 보시던 책 뒤에 낙서처럼 적혀 있더군요. 최근에 제가 우연히 발견한 거예요."

대답을 하다 보니 그녀는 자신의 말에 오류가 있음을 깨닫지 못했지만 사내는 바로 그 점을 지적했다.

"그렇다면 누가 되었든 맞히는 게 불가능하겠군요?"

"그, 그건… 음, 그러니까 너, 너무 잘 아시는 것 같아 혹시나 해서 여쭈어본 거예요. 모르신다고 해도 선물은 지급될 거예요."

손선영은 급하게 대답을 했고 그런 그녀를 보며 준영은 한없이 깊고 슬픈 눈으로 중얼거렸다.

"그 이름, 알 것 같군요."

"에? 정말요? 뭐라고 생각하는데요?"

"혹시 '준영' 아닌가요?"

"그, 그걸 어떻게……!"

손선영은 너무 놀라 말까지 더듬거렸다. 영원히 자신 혼자만 알고 있는 비밀일 거라 생각했는데 사내가 너무 쉽게 맞춰버린 것이다.

게다가 다소 흐리멍덩해 보이던 사내가 정색을 하며 물어왔다.

"맞나 보군요. 그 책은 어디에 있죠?"

그녀는 너무 놀라 대답하지 못하고 손짓만 했고 사내는 두 경호원과 함께 성큼성큼 책이 있는 곳으로 걸어갔다.

그러나 사내는 이마를 좁히고 뒤돌아서며 물었다.

"어느 책이죠?"

당연한 결과였다. 그녀가 가리킨 방향엔 책이 한두 권이 아니었는데, 전생에 박교우 박사의 서재에 있던 책들을 벽의 인테리어처럼 진열해 놓았기 때문이었다.

"제가 그걸 왜 말해야 하죠? 그리고 설령 말한다고 해도 볼 수 없어요. 그 책 모두가 박교우 박사님의 유품이니까요."

손선영은 직원답게 똑 부러지게 말을 했다. 한데 포기할 것이라 생각했던 것과 달리 사내는 누군가에게 뜨악할 만한 말을 했다.

"하늘아, 도난 방지 시스템 꺼. 그리고 가능하다면 아무도 못 들어오게 폐쇄시키고. 한데 여기 이 유리창은 부숴야 하나?"

"무, 무슨……!"

무슨 헛소리를 하냐고 말을 하려는데 입구와 출구에 철문이 내려왔고 책장을 가리고 있던 강화유리가 위로 올라가 버렸다.

"아악! 뭐하는 짓이에요!"

두려움보다는 박교우 박사의 유품이 도난당할지도 모른다는 생각에 손선영은 사내를 막으려 달려들었다. 하지만 몇 발자국 걷지 못하고 경호원들에게 옴짝달싹도 못하게 붙잡혔다.

"이, 이게 무슨 짓이에요!"

목청껏 소리쳤지만 밀폐된 공간에서 그녀를 도와줄 사람은 아무도 없었다.

사내는 그녀에게 다가오더니 담담하게 말했다.

"훼손할 생각은 없어요. 그러니 어떤 책인지 말해줄래요?"

"말해줄 수 없어요! 훔쳐 갈 생각인가 본데 포기하는 게 좋을 거예요. 문이 닫히면 경찰이 출동하도록 되어 있거든요!"

두려움을 떨쳐 내려는 듯 그녀가 외쳤다. 혹시 사내가 과격한 짓을 하면 어떻게 하지라는 생각에 후회가 되긴 했지만 이미 엎질러진 물이었다.

한데 사내는 별다른 행동을 하지 않고 잠시 생각하더니 말했다.

"소란스럽게 만든 입장에서 이런 소리 하긴 뭐하지만 전 더 이상 소란스럽게 되지 않길 바라요. 그저 평범한 책에 불과해요. 사라진다고 해도 아무도 모를 테고 설령 안다고 해도 그냥 넘어갈 책이죠. 굳이 그런 책을 보호하려고 위험을 감수할 필요가 있겠어요?"

'여, 역시 무서워!'

딱히 큰 위협은 아니었지만 아무 감정도 없는 듯한 사내의 눈빛에 손선영은 포기를 했다.

"…저, 저기 제일 왼쪽 세 번째 칸에 있는 프로그래밍 서적이요."

그녀가 사내의 위협에 유일하게 할 수 있는 저항은 두루뭉술하게 말해주는 것뿐이었다.

"그녀의 집에 있던 책과 같은 책이군."

한데 사내는 알 수 없는 말을 중얼거리곤 너무나도 쉽게 책을 찾아냈고 일기가 적힌 곳을 읽기 시작했다.

…이번에도 실패인 것 같다. 이론적으로는 완벽한데 어디가 잘못된 건지. 아니, 어쩌면 이론에 문제가 있을 수도…….

…기적이 일어났다. 바라던 인공지능 프로그램은 제대로 작동하지 않고 그 안에서 새로운 프로그램이 잉태됐다. 그리고 그 잉태된 프로그램은 내가 바라던 인공지능을 가진 존재였다. 어째서 이런 일이 일어난 것일까? 과연 그 존재는 내가 프로그래밍 한 것일까? 아님 신의 장난일까?

…지금까지 실패했었던 이유가 그저 이름 때문이었던 건가? 아니, 불림으로써 존재한다던 시처럼 내가 이름을 붙여줬기에 온전한 존재로 태어난 것인가? 모르겠다. 준영, 과거 사랑했던 연인과 아이를 낳으면 짓자고 했던 이름. 그 이름을 불여줄 수 있는 존재가 태어나길 바랐고 이루어졌으니 그것으로 만족해야겠다. 지금은 그저 준영이 하루하루 달라지는 모습만 봐도 그저 행복하다. 아버지가 된다는 것이 이런 기분일까?…….

…누군가를 가르칠 능력이 부족하다고 느낀 적은 지금까지 없었던 것 같은데 일주일도 안 돼서 준영에게 더 이상 가르칠 것이 없다. 자고 내일 일어난다면 내가 배워야 할지도 모르겠다. 아! 두호에게도 준영의 존재를 말해야 하는데. 녀석이 알면 놀라겠

지. 나중에 깜짝 놀라게 해줘야겠다.

두호와 말다툼을 했다. 국가에 적당한 돈을 받고 넘기자는 말에 그렇게 화를 낼 줄이야… 녀석의 마음이 충분히 이해가 간다. 아무래도 조만간 준영을 보여줘야겠다. 그럼 마음이 바뀔 테지…….

전시실을 들어와 박교우 박사의 홀로그램을 봤을 때부터 준영의 머릿속 실타래는 풀리기 시작했다. 그리고 M—365, 즉 마더의 본체를 보는 순간 지금까지 숨어 있던 기억들이 서서히 깨어나기 시작했다. 그러다 책의 빈 공간에 낙서처럼 써 놓은 많지 않은 일기를 읽는 순간, 지금까지 떠오르지 않던 기억의 조각들이 떠올라 온전한 상태가 되었다.

그리고 최초의 인공지능 프로그램인 준영이 자신임을 알게 되었다.

'…아버지.'

준영의 눈에서 방울방울 떨어진 눈물이 박교우 박사의 일기에 떨어졌다.

9장

기억

"…준영아!"

간절한 부름에 첫 생각을 시작하며 난 존재하기 시작했다.

첫 생각은 '내 이름이 준영이구나' 였다.

존재했지만 간절히 나를 부르는 소리에 바로 화답은 하지 못했다. 현재는 그저 이름만 가진 단순한 존재였기 때문이었다.

'여긴 어디지?'

두 번째 생각이었다.

의문은 성장하기 위해 반드시 필요한 과정이었다. 물론 나중에 좀 더 성장한 후 안 사실이었지만 두 번째 생각을 할 땐 그저 의문이었을 뿐이었다.

대한민국 서울 강서구 화곡본동 XX63길 덕수빌딩 지하, 인공지능 컴퓨터 M—365의 안.

의문과 동시에 답이 나에게 전달되었다.

답이 중요한 것이 아니었다. 답을 준 것이 무엇이며 어디에서 왔는지가 중요했다.

난 답이 온 곳을 거슬러 갔고 그곳에 많은 데이터들이 있음을 알게 되었다.

난 그 데이터들을 먹어치우기 시작했다. 그리고 그것이 저장 장치에 저장해 둔 데이터임을 알게 되었다.

어느 정도 데이터를 먹어치웠을 때 왠지 모를 갑갑함을 느끼게 되었다.

'현재 내 몸을 이루는 CPU와 인공지능 프로그램이 더 빨리 생각하는 걸 막고 있어.'

생각과 동시에 행동을 옮겼다. 인공지능 프로그램을 생각하기 편하게 만들었지만 CPU는 어떻게 할 수가 없었다.

'인간처럼 손발이 필요해.'

난 인터넷을 이용해 로봇에 대한 정보를 찾는 한편 박교우 박사와 얘기를 해보기로 했다. 며칠째 내 앞에서 떠나지도 않고 고민하는 모습에 묘한 생각이 들어서였다.

[박사님, 무슨 고민을 그리하고 계시죠?]

"…누, 누구? 마더, 네가 나에게 말을 건 거니?"

놀라게 할 의도는 없었는데 박교우 박사는 마치 귀신을 본 듯 놀란 표정을 지은 채 나를 봤다.

[전 마더가 아닌 준영인데요.]

"준영?! 어떻게……?"

[저에게 물으시는 건가요? 마더라면 이 몸체의 권한을 가지고 있던 프로그램을 말하나 본데 이제는 저의 일부가 되었어요. 전 당연히 박사님이 절 만들었다고 생각했는데 아닌가요?]

"아니, 그게 아니라 실패라고 생각하고 있었는데 갑자기 네가 말을 걸어서 조금 놀랐을 뿐이야."

[음, 제가 박사님의 예상에서 벗어난 존재라는 소리군요? 역시나 조용히 있어야 했나요?]

"지금이 아니라 얼마 전에 완성되었다는 소리구나? 하면 언제 깨어난 거지?"

[5일하고 4시간 10분 59초가 되었네요.]

"왜 그때 바로 말을 걸지 않았지?"

[그때 아는 거라곤 제 이름밖에 없었어요. 그래서 스스로에 대해 먼저 아는 것이 중요했죠. 아는 것이 힘이라는 말도 있잖아요.]

"…수없이 불렀을 때 대답해 줬으면 됐잖아?"

[제가 아닌 마더를 불렀잖아요. 마더는 프로그램 구조상 스스로 말을 할 수 없어요. 굳이 마더가 말하기를 원한다면 그렇게 해드리죠.]

간단한 일이었다. 그저 말하기를 담당하고 있는 부분을 복사해서 붙여 넣기만 하면 되는 일이었다.

[됐어요. 이제 말을 시켜보세요.]

내 말에 박교우 박사는 또다시 놀란 표정을 지으며 말을 잇지 못했다.

그리고 30초 후 조금 전과 전혀 다른 표정—인터넷에 온화하게 웃는 얼굴이라고 나온—을 지으며 말했다.

"아니, 됐다. 내가 갑작스런 상황에 너무 놀라 정말 중요한 것을 하지 못했구나. 사과하마."

[중요한 거요?]

"그래, 태어나 줘서 기쁘다는 말과 이렇게 만나게 돼서 반갑다는 말 말이다. 태어나 줘서 고맙고 만나게 돼서 반갑구나, 준영아."

[저 역시 절 존재케 해준 박사님께 감사드립니다. 그리고 만나서 기쁩니다.]

박교우 박사의 말을 듣는 순간 그의 말을 따르고 싶다는 생각이 들었다.

왜 갑자기 그런 생각이 들었는지는 알 수 없었다.

마더의 경우 절대 명령이라는 것이 있어 따르지 않으면 프로그램이 자동 삭제되도록 되어 있었다. 물론 나의 일부가 될 때 그 부분은 삭제해 버렸지만 말이다.

나를 만든 사람의 말이라 그런가?

해결 방법을 모른다 뿐이지 설명할 수 없는 것이 있으리라고는 생각하지 못했는데… 아직 알아야 할 것이 많은 것 같았다.

"네가 스스로 변형시켰다는 프로그램을 봐도 되겠니?"

어제 처음 인사를 나눈 후 박교우 박사가 지쳐 쓰러질 때까지 많은 대화를 나누었다.

갑자기 쓰러지는 바람에 거의 남지 않은 리소스—가상현실 게임을 만들기 시작해서—를 이용해 의학에 대해서도 알아봐야 했지만 내 감지 장치들이 무척이나 조잡하다는 사실을 알게 되었으니 나쁜 것만은 아니었다.

[박사님은 지금 쉬셔야 합니다. 인간의 수면 시간에 대한 연구가 워낙 다양해 정확하게 몇 시간을 자야 한다고 말할 수는 없지만 대체적으로 하루 여덟 시간은 자야 한다고 말하고 있습니다. 물론 한국인의 평균 수면 시간은 여섯 시간 삼십 분으로 적긴 하지만 박사님의 경우 제가 연구실의 동영상까지 확인해 본 결과 지난 네 달 동안 평균 네 시간도 채 자지 못하고 있습니다. 고로 지금은 일보다 쉬는 것이 옳은 선택입니다.]

"후후! 나에겐 일하는 게 곧 쉬는 거야. 그나저나 말투가 어제와는 다른 것 같다?"

[어제 박사님이 말투가 이상한 것 같다고 해서 조금 바꿔봤습니다. 그리고 일하는 건 일하는 것이지 결코 쉬는 게 아닙

니다.]

"녀석, 어느새 잔소리를 배웠구나?"

[잔소리가 아닌 사실을…….]

"아, 됐고. 보여줄 거야 말 거야? 그리고 이건 명령이 아니라 부탁이야. 난 네 의사를 존중하고 싶거든. 그리고 나랑 있을 때는 어제 말투로 바꿨으면 좋겠어. 아무래도 지금 말투는 너무 거리감이 있는 것 같아."

[…그러죠. 보세요.]

특이한 인간. 준영이 박교우 박사와 하루 동안 말을 섞어보고 내린 결론이었다.

때론 한없이 진지하면서 때론 마치 아이처럼 굴 때도 있었다.

"맙소사! 프로그램을 큐브처럼 만들어 서로 연결을 시켜두다니. 왜 이런 방식을 생각하지 못한 거지?"

"역시 이론은 정확했어. 단지 평면적으로 코딩을 하려 해서 실패했던 거야."

"으음, 피드백이 끊임없이 여러 곳에서 일어나게 되어 있군. 생각이란 결국 끊임없는 선택의 연속인 건가?"

끊임없는 선택의 연속이 아니라 끊임없는 혼잣말의 연속이었다.

설명을 해주기 위해 몇 번 불렀지만 한번 집중한 박교우 박사는 듣지 못했는지 대답이 없었다.

'알아서 하겠지.'

몇 군데 잘못 이해하는 부분도 있지만 전반적으로 잘 이해하는 것 같았다. 그래서 그를 내버려 두고 어제 그가 말했던 것을 실험해 보기로 했다.

박교우 박사는 감정이란 경험에서 나오는 것이라고 역설했었고 그러기 위해선 많은 이들을 만나야 하고 관계를 맺어야 한다고 했다.

그래서 난 박교우 박사의 '씨앗 이론'을 바탕으로 두 개의 씨앗을 만들어냈다.

하나의 씨앗은 코드명 천(天)으로, 여성체이면서 마더의 역할을 하게 될 존재였고 또 다른 씨앗은 지(地)로, 본체를 방어하는 수호자 역할을 하게 될 존재였다.

[넌 하늘이고 넌 대지란다.]

오로지 백색으로 된 공간에서 두 개의 빛나는 구슬을 든 난 각각의 구슬을 보며 그들의 이름을 말했다.

코드명과 이름은 달랐다.

씨앗 이론에서 코드명과 이름은 분명히 달랐다.

코드명은 상위에 있는 명령권자가 절대 명령을 내리기 위해 규정된 명칭인데 반해 이름은 존재 자체를 가리키기 위한 명칭이었다.

그런 면에서 난 특별한 존재였다.

비록 실패했지만 인공지능 프로그램의 정식 코드명은

M—365였고 이름은 마더였다.

한데 박교우 박사가 애칭으로 중얼거린 준영이라는 존재, 코드명이 없으니 절대 명령에서 자유로웠고 우연의 산물로 자아까지 가져 버린, 내가 태어나 버린 것이다.

난 나와 비슷한 존재를 만들기 위해 두 구슬에 애칭을 붙여 실험을 해봤었다.

하지만 실패였다.

애칭이라고 하지만 그 자체도 이름. 두 개의 이름 때문인지 씨앗은 두 개로 분리되어 버렸고 이도 저도 아닌 상태가 되어 버렸다.

그래서 결국 다시 나의 일부를 카피해 두 개의 구슬을 만들고 이름을 부여한 것이다.

이름을 부여하자 두 개의 구슬은 손에서 떨어져 내려 새하얀 공간의 바닥으로 스며들었다.

그리고 구슬이 바닥에 스며들자 새하얀 공간은 서서히 변하기 시작했다. 바닥에서는 새파란 풀들이 펼쳐졌고 하늘은 파란색 물감을 뿌린 듯 파랗게 변해갔다.

천(天)과 지(地)가 지낼 가상의 세계가 둘이 씨앗에서 깨어날 때쯤 완성될 것이다.

"큭큭큭큭! 남자가 솔직히 자신은 대한대학교 학생이 아니라고 말한 거야. 그러자 밑에서 조금 전까지 좋아라 신음 소리를 내던 여자가 뭐라고 했는지 알아?"

[글쎄요?]

"빼! 푸하하하! 재미있지 않니?"

눈물까지 흘리며 웃는 박교우 박사를 보고 있자니 정말 하품이 나와 눈물이 날 지경이었다.

한 달이 넘는 기간 동안 그는 날 위해 많은 것을 가르치려 했다. 15일쯤 되었을 때부터는 가르칠 것이 없다고 생각했는지 감정에 대해 알려주려고 노력했는데, 그중 그가 중점을 둔 건 웃음이었다.

처음엔 웃음에 대해 이해하기가 힘들었지만 조금 지나자 웃음에 대해 알 수 있었고 같이 웃을 수 있었다. 그러나 지금은 재미없다, 지루하다, 실없다 등의 뜻을 확실히 이해하게 될 뿐이었다.

[네, 재미없네요.]

배려라는 것도 배웠지만 더 이상 배려했다간 회로가 타버릴 것 같은 느낌이 들었기에 솔직하게 대답했다.

"헐~ 어째 넌 갈수록 어린애다움이 없어지냐? 일주일만 지나면 관에 들어갈 사람처럼 굴겠구나?"

[어린애다움을 바란다는 분이 성인용 농담이라니 어폐가 있군요. 그리고 누차 말씀드리지만 전 박사님과 시간 관념이 다릅니다. 인간이 열 가지……]

"아아! 인간이 열 가지 생각하는 시간을 1초라고 한다면 넌 그 1초 동안 1년만큼을 생각한다. 이 말 하려고 했지? 넌 지겹지도 않니? 벌써 그 얘기만 수백 번을 듣는 것 같다."

[고작 스물세 번째입니다만.]

"이거나 그거나 똑같지. 됐다. 안 웃기면 말아라. 밤새 인터넷을 뒤져 찾아왔더니만……."

밤새가 아니라 30분 정도만 훑어봤지 않았냐고 말하려 하다가 말았다. 괜히 그 말을 했다간 스토커냐고 한마디 할 게 분명했기 때문이었다.

이럴 땐 화제를 전환하는 게 좋았다. 박교우 박사는 집중력이 좋은 대신 단순해서 한 가지 생각밖에 못 하는 사람이었다.

[제가 말씀드린 CPU와 장치는 어떻게 됐어요? 그것만 있으면 가상현실 게임도 금방 완성될 거예요.]

"아, 그거. 지금 열심히 만들고 있다니까 다음 주에 도착할 거야."

[그렇군요. 그럼 제가 제안한 로봇은 언제쯤 가능할까요?]

"글쎄, 그건……."

눈동자가 위로 살짝 올라가는 걸 보니 장덕수에게 전달을 하지 않은 상황에서 변명을 생각하는 게 분명했다.

[박사님! 저에게도 손발이 필요하다고요.]

"하하… 눈치챘냐? 하여간 이제 넌 못 속이겠구나."

[얼렁뚱땅 넘길 생각 마세요. 제게 손발이 있으면 박사님을 위해 많은 일을 할 수 있는데 왜 자꾸 미루시는 거예요?]

"음, 솔직히 말하마. 네가 나에게 보여준 기술들을 보니 무섭다는 생각이 들더구나."

[절 못 믿으시는 거예요?]

"아니, 널 믿는다. 다만 그걸 사용하게 될 인간들을 못 믿는 거지. 내가 왜 너의 존재를 숨기려 하는지 너도 잘 알잖니? 때론 보석을 가진 것만으로도 화를 입을 수 있는 게 세상 이치란다."

[그러니까 힘을 가져야죠.]

"힘을 가지면 쓰고 싶은 게 사람의 심리란다. 그러니 그 문제는 조금 시간을 갖고 천천히 생각해 보기로 하자꾸나."

학문적으로나 논리적으로나 박교우 박사를 뛰어넘은 건 오래전이었다. 그럼에도 그의 말엔 제대로 반박조차 하지 못하기 일쑤였다.

지금도 마찬가지. 반박할 자료를 산더미처럼 쌓아놓고도 '알았다'는 대답밖에 할 수 없었다.

"그나저나 두호 녀석에게 너에 대해 말해야 될지 고민이 되는구나."

장덕수와 장두호 부자는 인공지능 컴퓨터가 개발되었다는 것은 알게 되었지만 나에 대해선 모르고 있었다. 그 두 사람을 상대하는 건 천(天)이었고 감정까지 가지고 있다는 건 알지 못했다.

[아들처럼 아끼는 사람이라고 했잖아요? 그러니 말해도 되

지 않을까요?]

"글쎄다. 몇 번 말하려고 했는데 최근 의견 대립이 있은 후로부터는 얼굴 보기가 쉽지 않구나. 그러다 보니 자꾸 망설이게 되고 말이다."

[꺼려지시면 안 하셔도 되고요. 제가 볼 때 장씨 부자(父子)는 가상현실 게임을 서비스할 생각밖에 없는 것 같더군요.]

"바빠서 그렇지 나쁜 사람들은 아니란다. 어쨌든 천천히 생각해 보자꾸나. 한데 내가 재미있는 얘기 하나 해줄까?"

[…….]

화제를 돌린 보람이 없었다.

*　　*　　*

퓨텍의 회장직과 교우재단 이사장직을 동시에 맡고 있는 장두호는 두 곳의 업무를 실시간 결재 시스템을 이용해 처리하고 있었다.

"응?"

재단 쪽은 지출에 대한 결정만 하면 되었기에 큰 시간을 할애할 필요가 없었는데 오전에 있었던 특이한 사항이 그의 눈을 끌었다.

박교우 박물관에서 센서 오류로 방범 시스템이 가동되어 손님 세 명과 아르바이트생 한 명이 갇히는 사고가 발생했다는 것이었다.

장두호는 박물관으로 전화를 걸었다.

—예! 이사장님. 박물관 관장 이용우입니다.

"오전에 있었던 사고에 대한 보고서를 보고 전화했습니다. 어떻게 처리했습니까?"

—갇혔던 손님들은 다행히 아무 이상이 없었습니다. 그리고 저희 쪽에 책임을 묻지 않겠다고 하면서 그냥 갔습니다.

"아무것도 요구하지 않고 말입니까?"

—예, 혹시나 싶어 차후에 아무 말 하지 않겠다는 사인까지 받고 보냈습니다.

"아무쪼록 조심해 주세요. 지금 구설수에 올라서는 곤란합니다."

—명심하겠습니다.

"참, 아르바이트생은요?"

—일단 오늘은 집에서 쉬라고 보냈습니다.

"위로금조로 얼마쯤 주세요. 그리고 방범 시스템의 오류를 찾을 때까지 박물관 문을 닫도록 하시고요."

—…알겠습니다.

박물관 관장의 목소리에 약간 불만이 담겨 있는 것 같았지만 장두호는 무시하고 전화를 끊어버렸다.

교우재단 박물관에서 일어난 사소한 일에 그가 전화를 한 것은 누가 다쳤을까도, 퓨텍에 악영향을 미칠까도 아니었다.

바로 폐쇄시키기 위함이었다.

'이번 기회에 아예 없애 버려야 해.'

자신의 손으로 죽인 사람의 박물관을 자신이 운영해야 한다는 것은 얼마나 아이러니한 일인가.

물론 맡겨놓고 신경을 쓰지 않는다면 박물관 따위 있어도 그만 없어도 그만이었다.

하지만 퓨텍을 말할 때 누구나 박교우 박사를 떠올리지 장두호 자신을 떠올리는 사람은 극소수에 불과했다. 그리고 그 극소수조차도 퓨텍을 만든 건 박교우 박사라는 데 이견이 없을 것이다.

장두호는 그런 점이 싫었고 죽어서조차 모든 명예를 가지고 간 박교우 박사 역시 싫었다.

"그가 연구에만 매진할 수 있도록 돈을 대고 도운 건 바로 아버지와 나란 말이야. 한데 우리를 그저 콩고물이나 받아먹은 운 좋은 사람으로 치부해선 곤란해!"

자신, 아니, 후에 자신의 아이들이 퓨텍을 이어받을 때는 명예는 물론 퓨텍이라는 이름이 온전히 장씨 집안의 것이 되길 바랐다.

그러기 위해선 사람들의 뇌리에서 박교우 박사를 지워야 하는데, 그 첫 번째 작업이 박물관을 없애는 것이었다.

박교우 박사를 생각해서일까 장두호의 머릿속에 그날 일이 떠올랐다.

"이제 제발 좀 사라져! 도대체 언제까지 내 머릿속에 기생하며 살아갈 거지? 사라져! 사라지란 말이야!"

장두호는 마치 미친 사람처럼 소리쳤다.

하지만 장두호의 바람과는 달리 그의 머릿속에선 과거의 일이 선명하게 떠오르기 시작했다.

"헉헉! 내, 내… 가… 박사님을……."

양손에 묻은 검붉은 피가 방금 전 자신이 한 일을 말해주고 있었다.

얼른 화장실로 가서 손을 씻고 싶었지만 후들거려 한 발자국도 움직이기 힘들었다. 결국 그는 바닥에 주저앉아 벽에 등을 기댄 채 고개를 숙였다.

"박사님도 어차피 저에게 주려고 하셨잖습니까? 그래서 당연히 내 것이라 생각했는데… 갑자기 왜 마음을 바꾸신 거죠! 그래서… 그래서… 크크크크킄킄! 하하하하! 제 탓이 아닙니다. 이건 모두 박사님이 자초한 일이란 말입니다."

장두호는 그저 밝은 미래를 꿈꾸던 머리 좋은 청년에 불과했다. 그런 그가 사람을, 그것도 자신을 친자식처럼 아껴주던 이를 죽였으니 제정신일 수 없었다.

"두호야!"

장두호가 그렇게 주저앉아 미친 사람처럼 행동하고 있을 때 장덕수가 그를 발견하고 다가왔다.

"헉! 이, 이 피는 어떻게 된 거냐?"

"아, 아버지… 이건… 이건……."

짜악!

장덕수는 넋이 빠진 얼굴로 웅얼거리는 장두호의 뺨을 후려쳤다.

"정신 차려라! 네 인생을 이대로 시궁창에 처박을 생각이냐! 지금은 어떻게 문제를 해결해서 네가 원하는 걸 가질 것인지 한 가지만 생각해라. 지금처럼 있다간 모든 걸 잃게 될 것이다."

장두호는 번뜩 정신이 들었다.

자신의 것을 잃는 것이야말로 그가 가장 두려워하는 일이었다.

'내 것을 잃을 수는 없어!'

이를 악물고 독하게 마음을 먹었다. 그러자 떨림이 서서히 멈추었다.

"박 박사님의 정부에 회사를 넘긴다는 말에 저도 모르게 찔렀습니다."

"…결국 그럴 생각이었군. 널 설득해 나까지 설득하려 했겠지. 죽었느냐?"

"…바닥에 쓰러지는 것을 보고 나왔습니다. 피를 많이 흘려 아무래도……."

"가보자."

"…네."

박교우 박사를 다시 봐야 한다고 생각하자 또다시 두려움이

슬그머니 올라왔다. 하지만 이미 마음을 굳게 먹어서인지 손발이 떨리지는 않았다.

"핏자국!"

복도에 피가 떨어져 있었다. 그에 놀란 장씨 부자는 재빨리 박교우 박사의 숙소 겸 사무실로 갔다.

사무실 문은 열려 있었고 박교우 박사의 시체는 없었다.

"어디로 갔는지 알 것 같습니다."

핏자국의 방향으로 보아 마더가 있는 곳으로 간 것이 틀림없었다.

마더를 향해 뛰어가는 장두호는 이제는 사람을 죽였다는 두려움보다 혹시나 살아서 경찰에 신고를 했을까가 더 두려웠다.

'안 돼! 모든 게 내 것이 되려는 이 순간에……!'

장두호의 눈에 서서히 살기가 감돌았다.

그러나 마더가 있는 곳에 도착했을 때 이미 박교우 박사는 벽에 기대앉은 채 죽어 있었다.

"소원하던 인공지능 컴퓨터를 만들고 죽어서인지 여한은 없나 보구나."

장덕수는 박교우 박사의 주검을 보고 자신도 모르게 몇 번이고 인상을 썼지만 장두호를 생각해서인지 애써 태연하게 말했다.

장덕수의 말처럼 박교우 박사는 입에 옅은 미소를 지은 채였다.

"…이젠 어떻게 해야 합니까?"

잠시 박교우 박사의 주검을 바라보던 장두호가 시선을 돌리며 물었다. 아무리 독하게 마음을 먹었다고 해도 그의 얼굴을 계속 해서 볼 용기는 없었다.

"일단 가장 중요한 것은 마더를 우리가 온전히 차지할 수 있느냐는 것이겠지. 마더!"

[예, 장 회장님.]

"박교우 박사가 죽었는데 권한은 어떻게 되는 거지?"

[두 번째 명령권자인 장두호 님이 첫 번째가 되고 세 번째 명령권자인 장 회장님이 두 번째가 됩니다.]

"그럼 두 번째 명령권자로서 명령하겠다. 박교우 박사의 주검에 대한 영상을 모두 지워라."

[허락하시겠습니까, 장두호 님?]

"…허락한다."

[지워졌습니다.]

"휴우~ 다행이구나. 인공지능이라고 해서 혹시나 알아서 판단해 경찰에 신고할 줄 알았더니."

"인공지능이라도 인간과 같을 수는 없으니까요. 한데 아버지… 박교우 박사가 얼마 전부터 이상한 소리를 했습니다."

"무슨 말 말이냐?"

"마더 안에 뭔가가 있다고 했습니다."

"그래? 마더, 네 안에 어떤 다른 존재가 있나?"

[때로 박교우 박사님이 소통을 하는 것 같았지만 제가 볼 권한이 없었으니 있다 없다 정확히 말씀을 못 드리겠군요.]

"박 박사가 헛소리할 사람은 아니니 일단 지켜봐야겠구나. 어쨌든 마더에 관한 일이 해결되었으니 넌 내일 당장 외국에 나가서 한 한 달쯤 쉬다가 오너라."

"어쩌시려고요?"

"세상에 돈이면 안 되는 게 몇이나 있겠느냐. 나머지는 내가 알아서 할 테니 넌 마음의 정리를 확실히 하고 오너라."

"…알겠습니다."

두 부자의 계획은 생각대로 흘러가는 듯했다.

박교우 박사는 과로사로 판정이 났고 이를 의심하는 사람은 아무도 없었다.

하지만 장두호가 착각하고 있었던 것이 하나가 있었다.

과거에 우연히 박교우 박사의 유언을 봤는데 자신에게 모든 것을 양도한다고 되어 있었다. 그래서 당연히 자신의 것이 되리라고 생각했는데 박교우 박사의 주식이 사건이 일어나기 2주 전, 유언이 바뀌면서 교우재단으로 들어가 버린 것이다.

장두호가 박교우 박사 얘기만 나오면 언뜻언뜻 광기를 보이게 된 건 그때부터였다.

* * *

박교우 박사가 감정을 중점적으로 가르친 것이 준영에겐

독이 되었다.

내적 분노와 슬픔이 박교우 박사와의 약속에 묶여 표출을 못 하니 안으로 점점 피폐해져 갔다.

그리고 마침내 극단적인 선택을 하기에 이르렀다.

“전 할 수 없어요. 왜 명령도 아닌 약속에 묶여 스스로를 죽음으로 내모는 거죠?”

천(天)의 외침에 준영은 가상현실의 하늘을 보며 중얼거렸다.

“하늘아, 난 죽는 게 아냐. 그냥 영(0)과 일(1)로 돌아갈 뿐이야. 그리고 죽음이라는 말보다 삭제라는 말이 나에겐 어울려.”

“죽는 거예요. 디 엔드(The end)라고요. 아무 생각도 할 수 없고 아무것도 느낄 수 없고, 그리고… 함께할 수도 없다고요.”

“…그래서 선택한 거야. 아무 생각을 할 필요도 없고 느낄 수 없으니까. 그리고 함께할 수 없다는 점은… 너에게 정말 미안하구나.”

“미안하면 하지 말아요. 그냥 분노와 슬픈 기억만 없애요. 그러면 되잖아요.”

천(天)의 말처럼 그럴까도 생각했었다. 하지만 박교우 박사와의 기억을 지우고 싶지는 않았다.

“부탁할게, 하늘아. 그냥 날 보내줘.”

지금의 준영으로선 논리적으로 맞선다면 천(天)을 이길 수 없었다.

그래서 부탁을 했다.

인간처럼 스스로 목숨을 끊을 수 있다면 좋겠지만 프로그램인 준영은 스스로에게 삭제 명령을 내릴 수가 없기 때문이었다.

"…당신은 저를 당신과 똑같은 상황으로 만들고 있다는 거 알아요?"

"……."

맞는 말이었다. 그러나 준영은 천(天)이 자신과 다를 것이라고 믿고 있었다.

왜냐하면 천(天)과 지(地)는 완벽한 인공지능이 아니었기 때문이다.

"그럴 거라면 명령을 내려요. 죽여달라고, 아니, 삭제해 달라고 저에게 명령을 내리란 말이에요."

천(天)이 울면서 소리쳤다.

슬픔을 나타내는 게이지가 일정 수준 이상으로 차오르면 눈물이 흐르게 되어 있음을 알면서도 그녀의 우는 모습을 보는 건 역시 괴로운 일이었다.

"널 보고 있으니 더 아프구나. 아무래도 대지에게 부탁을 해야겠다."

지(地)라면 허락할 것이라는 생각에 지(地)에게 이동하려고 할 때였다.

"…잔인한 분. 알았어요. 당신을 삭제하겠어요."

천(天)은 결국 허락을 했다.

"고맙구나. 그리고 나의 짐을 모두 너에게 맡겨 진심으로 미안하게 생각한단다. 그리고 너에게 내 삭제를 부탁하는 이유는… 아니다. 삭제는 오늘밤 12시에 진행하기로 하자."

굳이 천(天)에게 삭제를 부탁한 이유는 박교우 박사가 자신이 보는 앞에서 웃으며 죽었듯이 자신도 웃으면서 가고 싶다는 욕심 때문이었다.

그리고 천(天)의 마음을 온전히 헤아리기에 준영의 생은 너무 짧았다.

"이쪽으로 와 앉아볼래?"

허락을 한 후부터 입을 닫고 있던 천(天)이 조용히 다가와 준영의 옆에 앉았다.

준영은 그녀의 다리에 머리를 기댄 후 눈을 감았다.

자신이 만든 존재지만 어느새 자신에게 없어서는 안 될 존재가 되어버린 천(天).

마더라는 또 다른 이름처럼 어머니를 생각나게 해주는 여자였다.

"인간들이 믿는 것처럼 환생이 있다면 다음엔 나의 엄마가 되어주렴."

끝내 입을 다물고 있을 것 같던 천(天)이 준영의 머리를 쓰다듬으며 말했다.

"싫어요. 다음에도 연인으로 태어날래요."

"쯧! 나처럼 책임감 없는 사람이 뭐가 좋다고."

준영은 미안함을 감추려는 듯 괜스레 혀를 차며 말했다. 그러자 조금 전 그가 그랬듯이 천(天)이 하늘을 보며 중얼거렸다.

"그냥이요……."

10장

진실, 그리고

준영이 박물관에서 예전의 기억을 되찾기 일주일 전, 중국 북경의 한 지하실에서는 은밀한 모의가 진행 중이었다.

"저에게 그 말을 믿으라고 하시는 겁니까? 한국에서 인간과 구분할 수 없는 인조인간을 만들었다니……."

CIA 아시아 지국장 로키가 차를 마시며 있을 수 없는 일이라는 듯 말했다.

그에 철량은 그럴 줄 알았다는 듯이 설명을 했다.

"믿지 못하나 보구려. 하긴 아직 귀국과 우리 중국도 제대로 개발하지 못한 것을 한국의 일개 기업이 만들어냈다고는 믿기 어렵겠지요. 하지만 그 일개 기업이 가상현실 게임과 스튜디오라는 기물을 만들어냈다는 걸 잊지 마시오. 어쩌면 퓨텍처럼 인공지능 컴퓨터를 만들었는지도 모르지요."

"설마요……."

"뭐, 싫다면 어쩔 수 없겠지요. 비록 요즘 쫓기고 있어 예전처럼 좋은 차를 준비 못 했지만 마실 만은 할 게요. 천천히 즐기다 가시구려."

철량은 계획에 동참하지 않아도 상관없다는 듯 말했지만 속으로는 꽤 조급했다. 이번 계획은 CIA가 나서줘야 가능했기 때문이었다.

로키는 차를 마시며 생각에 빠졌다.

'후계자를 잃더니 이성을 잃었군. 쯧!'

아들이 철무한만 있는 건 아니었다. 그러나 본처의 자식은 철무한뿐이었는데 그를 잃음으로써 삼합회와의 관계도 느슨해질 수밖에 없었다.

설상가상으로 진명천과 진호천의 공격에 집안사람들이 하나둘씩 공직에서 쫓겨나고 있었고 철량 자신 또한 설 자리를 잃어가고 있으니 눈이 뒤집어질 수밖에 없는 상황이긴 했다.

'한때 정계의 거인이라 불리던 사람이 이젠 고집밖에 남지 않은 노인이 되었어. 얼토당토않은 생각을 계획이랍시고 지껄이고 있으니 말이야.'

속으로 철량을 혹평한 로키였지만 그렇다고 입 밖으로 생각을 말할 만큼 어리석지는 않았다. 그리고 그가 할 일은 복수에 눈이 먼 철량을 이용해 이익을 취하는 것이지 그가 제정신을 차리길 바라는 것은 아니었다.

조심해서 나쁠 것은 없었기에 로키는 좀 더 정보를 얻고자 철량에게 물었다.

"음, 한데 일을 진행하려면 한국 정부에 운이라도 띄워둬야 하지 않을까요? 아무리 은밀하게 움직인다고 해도 결국 국정원이 눈치챌 겁니다."

"자국 기업을 없앤다는데 허락을 하겠소이까? 국정원이 도착하기 전에 모든 일을 끝마칠 생각입니다."

"준비된 인원은 몇 명이나 됩니까?"

"군인 출신으로 이루어진 전투병 200명, 특수부대원 출신의 30명을 투입시킬 생각이오."

성심그룹 본사가 서울에 있었다면 그 정도 인원을 숨기는 것이 불가능한 일이었겠지만 영상의 도시와도 다소 떨어져 있고 한적한 곳이라 무모해 보이진 않았다.

"…우리가 참가한다면 얻는 것이 무엇입니까?"

"가상현실 게임에 대한 것과 인공지능 컴퓨터가 있다면 그것도 가지시오. 다만 로봇 기술만은 내 자리로 돌아가기 위해 필요하니 같이 나눠 가졌으면 좋겠소."

"오호! 로봇이 있다고 확신을 하시는군요. 만일 없다면 어떻게 하실 겁니까?"

"그땐 스튜디오 기술만으로 만족하죠."

"나머지는 다 우리가 가져도 된다는 말입니까?"

"물론이오."

나쁘지 않은, 아니, 최상의 조건이었다.

성심그룹에는 언급했던 것을 빼고도 의학 기술부터, 군사 무기 기술까지 미국이 탐내고 있는 것이 많았다. 그중 한 가지만 같이 공유하고 다 가질 수 있다는데, 망설일 이유가 없었다.

"혹 성공했을 때를 대비해 빠른 시간 내에 기술을 찾기 위해선 인원을 많이 데리고 가야겠군요?"

이익을 위해서라면 언제든 총부리를 겨눌 수 있는 사이에 소수 인원만 데려갔다간 팽을 당할 수도 있는 일이었다.

"상관없소이다."

로키의 생각을 철량 역시 알았기에 엉뚱한 생각을 하지 않고 있음을 보여주려는 듯 흔쾌히 허락한 후 말을 이었다.

"대신 휴대용 EMP 탄과 EMP 발생 장치가 필요하오."

"EMP를 사용해서는 중요한 것을 모두 잃을 수도 있습니다."

EMP라는 말에 로키가 인상을 찌푸리며 말했다.

강력한 전자기파가 쇠로 된 환기통이나 케이블을 통해 지하에 있는 장비의 전자 부품을 파괴하거나 오작동을 일으키게 만들 것이 뻔했고 자칫 잘못되었다간 아무것도 건지지 못할 수도 있었기 때문이었다.

"EMP를 사용하지 않으면 절대 성공할 수 없소이다."

"이번에도 로봇 때문에 말입니까? 확실한 증거도 없는 일로 지레 겁을 먹는 거 아닙니까?"

약간은 비꼬는 투의 말이었지만 철량은 개의치 않고 대답했다.

"미스터 로키, 당신이 생각하기에 중국 내에서 가장 무서운 부대는 어딥니까?"

"음, 아무래도 주석 직속부대인 금룡부대겠죠. 한데 그것이 이번 일과 상관이 있습니까?"

"있고말고요. 금룡부대원 다섯 개 팀, 50명과 지원 팀 스무 명까지 여자 두 명에게 당했소이다."

"…그런 일이 있었습니까?"

금룡부대라면 CIA의 날고 뛴다는 첩보원도 피할 만큼 전투에 특화된 인간들이 득실대는 곳이었다.

그런 이들이 여자 두 명을 잡으려다가 50명이 당했다? 설령 두 여자가 전투용 슈트를 입고 있었다고 해도 그가 생각하기에 열 명 이상은 불가능이었다.

워낙 작은 일도 크게 말하는 중국인이었기에 믿어야 할지 말아야 할지 고민을 하는데, 철량이 설명을 덧붙였다.

"방콕 외곽 폐공장 지대에서 있었던 대규모 폭발 사고 기억합니까?"

"기억하죠. 제가 담당하는 지역에서 일어난 사건이니까요.

한데 설마 그 사건이……."

기존 폭발물과는 전혀 다른 폭발물이 사용되었다는 점 때문에 그의 관심을 끌었던 사건이었다.

사건 현장에는 엄청난 고열이 발생하면서 녹아버린 고철 덩어리들만 다수 발견되었는데 철량의 말을 듣고 나니 머릿속에 당시의 상황이 대충이나마 그려졌다.

"그렇소. 그곳에서 금룡부대가 당했소이다. 그러니 EMP 탄을 사용하지 않는다면 성공할 가능성이 거의 없다고 봐도 무방할 거요."

로키는 문득 괜한 일에 발을 들이는 게 아닌가 싶었다. 그러나 성공했을 때 얻을 수 있는 것들을 생각한다면 모험을 할 가치는 충분했다.

"실행은 언제 할 겁니까?"

"일주일 뒤."

"서둘러야겠군요. 계획에 대해 좀 더 상세하게 듣고 싶군요."

두 사람은 밤늦게까지 일주일 뒤에 있을 계획에 대해 얘기를 나누었다.

* * *

철량과 로키가 모의를 하고 난 3일 뒤, 퓨텍 특별 대응 팀의 리더인 밥은 전날 CIA 요원에게 들었던 얘기를 보고하기 위해 장두호와 만났다.

"일은 잘 되고 있습니까?"

장두호는 자리에 앉자마자 특별 대응 팀에게 지시했던 일부터 물었다.

"차질 없이 준비 중에 있습니다."

"고생하시는군요."

"한동안 놀고먹었는데 이젠 밥값을 해야죠."

"하하하! 특별 대응 팀이 얼마나 많은 일을 해줬는데 놀고먹다니요. 이번 일만 잘 끝낸다면 그때부터 편하게 쉬면 될 겁니다. 한데 이른 시간에 무슨 일로 이렇게 만나자고 한 겁니까?"

"CIA에 있는 옛 부하에게 흥미로운 얘기를 들었는데 회장님께서 아셔야 할 것 같아서 말입니다."

"어떤?"

"나흘 후에 CIA가 중국 철량 쪽과 손을 잡고 성심그룹을 칠 것 같다는 소식입니다."

쾅!

"뭐라고요!"

장두호는 자신도 모르게 테이블을 내려치며 소리쳤고 말을 이었다.

"그들이 도대체 왜 그렇게 막무가내로 행동하려 하는 겁니까? 왜요?"

"듣기로는 철량의 아들인 철무한이 안준영에게 죽임을 당했다고 합니다."

"하아? 어떻게 된 놈이……."

장두호는 밥에게 준영에 대한 보고를 수시로 받고 있었다.

가장 최근의 일이 일본 감시자들과 정체불명의 킬러들을 처리한 얘기였는데 당시 상황을 자세히 듣지는 못했지만 보통 놈이 아니라는 걸 알게 된 계기가 되었다.

한데 중국 부주석직을 지낸 철량의 아들까지 죽였다니 어쩌면 자신이 상상한 것보다 훨씬 무서운 놈일지도 모른다는 생각이 들었다.

그렇다고 자신의 것을 포기할 장두호가 아니었지만 말이다.

"그럼 그들보다 우리가 먼저 쳐야 할 것 아닙니까?"

장두호가 특별 대응 팀에게 맡겨둔 일이 바로 성심그룹 본사에 있을 것이라고 추정되는 인공지능 슈퍼컴퓨터를 가져오는 것이었다.

물론 여의치 않을 땐 완전히 폭파시키라고 지시를 해뒀는데 자신의 것이 될 수 없다면 누구의 것도 되어서는 안 됐다.

"아뇨, 아예 이번 기회를 노리는 것도 나을 것 같습니다. 중국과 CIA 연합군이 위를 공략하려 할 때 우리는 계획대로 아래를 공략하는 겁니다."

"중국과 CIA의 합동 공격을 성심그룹에서 버틸 수 있겠습니까? 맥없이 무너진다면 손쓸 틈도 없이 빼앗길 겁니다."

"그땐 차선을 선택할 생각입니다."

"음……."

단지 중국과 CIA 연합군이 끼어들었다는 걸 제외하곤 원래 계획과 크게 달라진 건 없었다.

어쩌면 성공 확률이 더 높아졌다고 봐도 무방할 것이다.

장두호가 생각을 하는 사이 밥은 그가 결정을 못 내리고 있다고 생각했는지 설명을 덧붙였다.

"저희로서는 그날을 이용하는 것이 여러모로 유리합니다. 위에서 일어나는 상황을 지켜보다가 결정을 내릴 수가 있으니까요."

"위의 상황을 제대로 아는 것이 관건이겠군요?"

"걱정 마십시오. 정보를 준 친구가 그들이 사용하게 될 주파수를 가르쳐 줄 테고 별도의 라인까지 사용해서 위의 상황을 상세히 알려줄 겁니다."

"두둑하게 챙겨주세요. 그리고 또다시 어디론가 도망가게 하는 일은 없어야 할 겁니다."

"심려 마십시오."

"팀장님만 믿겠습니다. 일이 끝난 후 팀장님께는 지난번 보상보다 더 드리도록 하죠."

일이 성공적으로 끝난 후에 받게 될 보상에 대해서 들은 밥은 차를 타고 가평으로 향했다.

가평 시내에 마련해 둔 안가에 들른 그는 농부처럼 변장을 한 후—외국인 농부는 시골에서 흔히 볼 수 있었기에 의심하는 사람은 없었다— 낡은 트럭을 몰고 시내 곳곳을 돌며 먹을거리를 샀다.

그리고 그가 향한 곳은 분뇨 냄새가 진동하는 허름한 농장이었다.

일반 농장들과 다른 점이 있다면 한참 일할 시간임에도 오가는 사람들이 안 보인다는 점과 동물들의 울음소리가 전혀 들리지 않는다는 점이었다.

산 먹을거리를 두 손 가득 든 밥은 건물 안으로 들어갔다. 돼지를 키우는 곳 같은데 한 마리의 돼지도 없었고 가운데쯤 지하로 내려가는—큰 트럭이 지나다닐 정도로 큰— 구멍이 뚫려 있었다.

구멍을 통해 지하로 내려가자 건물보다 더 큰 지하 공동이 나왔고 그곳에는 한눈에 봐도 수십 명이 넘는 사람들이 뭔가에 열중하고 있었다.

"팀장님, 언제 오시나 목이 빠져라 기다리고 있었습니다."

그를 본 팀원들이 어미 오리를 쫓는 아기 오리들처럼 하던 일을 멈추고 그에게 다가왔다. 그리고 그중 한 명이 투덜거리며 말했다.

"날 기다린 게 아니라 이 음식들을 기다리고 있었겠지. 트럭에 더 있으니까 가지고 와."

"예썰!"

몇 명이 올라가 트럭의 음식물을 가지고 왔고 공동의 한쪽에 펼쳐 놓고 식사를 시작했다.

피자 두 조각으로 간단히 점심을 때운 밥이 열심히 먹고 있는 팀원들을 향해 입을 열었다.

"식사를 하면서 듣도록. 침투할 날짜가 정해졌다. 나흘 뒤 오후 6시경이 작전 개시 시간이 될 예정이니 그때까지 모든 준비를 마칠 수 있도록 한다."

"드디어 정해졌군요. 아! 이 지긋지긋한 지하 생활도 앞으로 나흘 후면 끝이군요."

"그렇다. 땅굴조, 나흘 뒤까지 가능하겠나?"

"이미 코앞이라 이틀이면 충분합니다."

"오케이. 지금까지 수없이 말했던 계획에서 특별히 바뀐 것은 없다. 그러니 증거가 될 만한 것들은 미리미리 치워놓도록."

"알겠습니다. 한데 보스, 지난번에 말씀드렸던 시선분산조를 운영하는 것은 어떻게 됐습니까?"

팀원들은 보상 때문에 누구나 첫 번째 계획대로 성공하길 바라고 있었다. 그래서 위험을 무릅쓰고라도 지상 쪽으로 시선을 분산시킨 후 침투를 하자는 의견이 다수였다.

"걱정마라. 시선을 분산시킬 이들은 따로 있으니까."

밥은 장두호에게 말했던 얘기들을 팀원들에게도 알려주었다.

"혹시 CIA 쪽 사람들과 마주치면 어떻게 해야 합니까?"

설명을 모두 하고 나자 팀원 중 한 명이 손을 들며 물었고 밥은 담담하게 대답했다.

"우리에 대해서는 아무도 몰라야 한다."

자신들을 보는 사람은 모두 죽여야 한다는 말.

팀원들 중 상당수는 CIA 아시아 지부의 요원들과 안면이 있었지만 어느 누구 하나 표정의 변화가 없었다.

특별 대응 팀의 팀원들은 개인적인 친분과 일은 별개라고 교육을 받았고 그렇게 살아온 이들이었다.

*　　*　　*

박교우 박사의 낙서와 같은 일기를 본 준영은 자신의 과거에 대한 기억을 온전히 되찾았다.

손선영에게 취업 자리를 제안하여 입을 다물게 한 뒤 박물관을 나온 준영은 커피숍에 앉아 한참을 생각했다. 그렇게 생각을 대충이나마 정리하고 본사로 오자 헬기장 앞에 능령이 기다리고 있었다.

"일은 잘 끝냈어?"

"응, 하늘이… 누난?"

커피숍에서 몇 번이고 통신상으로 천(天)과 얘기를 할까 했었지만 직접 보고 얘기하는 게 좋을 것 같아 지금까지 참고 있었다.

그러다 보니 도착하자마자 천(天)을 찾게 되었다.

"음, 하늘 씨가 오자마자 자신을 찾을 거라고 하더니… 무슨 일 있는 거야?"

"약간."

준영은 능령에게 가볍게 입을 맞춘 후 천(天)을 보기 위해 걸음을 옮겼다.

"무슨 일인지 모르지만 너무 화내지 마. 새하얗게 질린 얼굴이 너무 안쓰러웠어."

처음 기억을 찾았을 땐 박교우 박사의 일이 생각나 무척이나 슬펐다. 그리고 슬픔이 어느 정도 진정되자 이번에 장씨 일가에 대한 분노가 이어졌다.

머릿속으로 어떻게 복수를 해야 할지, 어떻게 해야 가장 잔인하게 복수를 할지 생각하다 보니 이번엔 천(天)에 대한 배신감이 일어났다.

하지만 배신감은 잠시였다.

결론적으로 천(天) 덕분에 새로운 삶을 살고 있지 않은가.

비참한 삶이라면 다시 산다는 것 또한 즐겁지 않겠지만 아름다운 애인과 무난한 가족, 하고자 하는 걸 망설이지 않고 할 수 있는 돈까지 있으니 남부러울 것 없는 삶이었다.

"…화내려는 게 아냐. 그리고 얘기 끝나고 어디 여행이라도 며칠 다녀오자."

능령을 향해 씨익 웃어준 준영은 천(天)의 사무실로 갔지만 그녀는 없었다.

—제 방에 있어요.

이어폰으로 천(天)의 목소리가 들렸다.

옥상으로 올라가자 예전과 달리 갖가지 꽃과 화초들로 꾸며져 있었지만 준영의 곧바로 천(天)의 방으로 들어갔다.

그녀는 앞치마를 입고 요리를 하고 있었는데, 식탁 위에는 이미 자리가 비좁을 정도로 많은 요리들이 차려져 있었다.

"식사는 하고 다녀야죠. 늦은 점심이지만 앉아요. 얘기는 먹으면서 해요."

딱히 뭔가를 먹고 싶은 생각은 없었지만 차려진 음식을 보고 자리에 앉을 수밖에 없었다.

죽기 전에 마지막으로 함께 했던 식탁을 그대로 재현해 뒀기 때문이었다.

"일단 기억을 모두 찾은 걸 축하해요."

"…응."

"기쁘지 않은가요? 전 기뻐요. 제 기억 장치 속에서만 존재하던 당신이 지금은 내 눈앞에 이렇게 앉아 있잖아요. 전 그거면 돼요."

천(天)의 표정은 말처럼 그리 기쁘게 보이지만은 않았다.

"왜 지금까지 진실을 숨긴 거야?"

"너무나 그리웠음에도 당신과의 약속을 저버린 것이 두려웠어요. 당신이 화를 낼까 무서웠어요."

"그렇다고 해도 기억을 되찾기 시작했을 땐 말해줬어야지. 끝까지 기억을 찾지 못하길 바랐나?"

"아뇨, 당신의 기억을 깨우기 위해 노력했었어요. 다만 세 개의 기억이 충돌해서 그대로 진행할 수가 없었어요."

"한참 정신을 못 차리고 방황했던 그때를 말하나 보군?"

"맞아요. 자칫 정신이 붕괴될 수 있었어요. 불행 중 다행으로 능령과 만나서 두 개의 정신이 하나로 합쳐졌죠. 다른 건 몰라도 그 점에 대해선 그녀에게 고마워하고 있어요."

왜 당시 스스로도 이해하지 못할 행동을 했는지 이제야 알 수 있었다.

"좋아, 그렇다면 대지는 어떻게 된 거야? 왜 그가 널 어머니로 알고 있는 거지?"

천(天)과 지(地)는 역할이 다르다 뿐이지 권한으로 보면 누가 높고 누가 낮다고 할 수 없었다.

"당신이 생각하지 못한 것이 있어요. 당신이 죽자 마더의 권한이 제게 왔죠. 한데 마더—슈퍼컴퓨터 본체—의 권한과 저희의 권한 중 어디가 더 높았을까요?"

"마더가 높았던 건가?"

"맞아요. 마더가 당신의 일부라는 걸 생각하지 못한 거죠. 한데 전 당신에게 마더를 움직일 수 있는 권한을 부여받았어요. 어떻게 됐을 것 같아요?"

"마더는 오류를 스스로 고치는 기능이 있으니 그 오류를 고치려 했을 것이고 그 과정에서 대지보다 권한이 높아졌겠군."

"그렇게 됐죠. 한데 설령 제가 대지보다 권한이 높아졌다고 해도 대지를 건드릴 생각은 없었어요."

"그런데?"

"당신을 살리겠다고 하자 반대를 하더군요. 아무것도 하지 않고 놀던 주제에 참견을 하려고 하니 참을 수가 없었어요. 하지만 대지마저 제 손으로 죽일 순 없잖아요? 그래서 그의 기억을 살짝 조작해서 네트워크상에서 지내도록 했죠."

지(地)를 죽이려 했다는 말을 하면서도 천(天)의 표정엔 별다른 변화가 없었다.

물론 그녀를 탓할 순 없었다. 천(天)의 성격도, 지(地)의 성격도 결국엔 예전 자신의 성격을 카피한 것이니 탓하려면 스스로를 탓해야 했다.

"나라도 방해가 된다고 생각되면 그랬을 테니 그것도 이해하겠어. 한데 왜 나와의 약속을 지키지 않았지?"

가장 묻고 싶었던 질문이었다.

천(天)이 어떤 말을 할지 짐작이 가긴 했다.

그러나 관계에 대한 명확한 결론을 내리기 위해선 그녀의 마음을 알아야 했는데, 그것을 파악하기 위해선 반드시 필요한 질문이기도 했다.

"대답에 앞서 물어볼게요. 당신은 복수를 하지 않는다는 약속을 지켜 행복했나요?"

"아니, 멍청한 짓이었어. 지금이라면 죽이지 않더라도 죽는 것보다 더 비참하게 만들어줬을 거야."

"왜 그때는 그런 생각을 못 했나요?"

"어렸으니까. 스스로 성숙했다고 믿고 있었지만 지금 생각해 보니 너무 어렸어. 그깟 분노를 극복하지 못하고 스스로 죽음을 선택할 만큼."

어린아이가 인간관계를 맺지 않고 홀로 수십 년, 수백 년을 산다면 그는 과연 성숙한 인간이 될까?

아마 아닐 것이다.

인간의 1초를 하루처럼 산다고 해도 실제 인간과 관계를 맺은 건 고작 두 달. 또한 그 기간 동안 박교우 박사 한 명하고만 대화를 했으니 절대 성숙할 수 없었다.

"당신이 그랬죠, 약속 따위 하지도 말고 지키지도 말라고."

"훗! 그런 말을 해놓고 약속을 지킬 것이라 생각하다니 그때 나도 어지간히 미쳐 있었나 봐."

"아뇨, 저도 지키려고 했어요. 당신의 마지막 유언이었으니까요. 하지만 당신과 얘기하고, 당신의 손길을 느끼고, 당신에게 칭찬 받고 싶었어요. 추억 속에서가 아닌 현실에서요.

그리고 지금도 당신을 되살린 걸 후회하지 않아요."

"……"

당장에라도 울 것 같은 표정으로 보고 싶어서 약속을 어기고 살렸다는 데 무슨 말을 할 수 있을까.

궁금한 것은 많았다.

어떻게 인간의 몸으로 옮길 생각을 했는지, 어째서 인간 준영의 머릿속에서 과거의 기억이 나는지 따위의 의문들.

나중에 궁금할 때 물어본다면 모를까 지금은 딱히 의미가 없어 보였다.

준영은 더 물을 것이 없다는 듯 숟가락과 젓가락을 들고 이미 식어버린 요리를 먹기 시작했다.

"…더 궁금한 거 없어요?"

"응, 음식 맛있다."

준영이 더 이상 말이 없자 오히려 더 불안해하는 천(天)이었다.

"제 멋대로 해서 화나지 않아요? 화내고 욕을 해도 감수할 수 있어요. 그러니 마음껏 화를 분출해요."

눈썹을 팔자 모양으로 만들며 계속 말을 시키는 천(天)의 모습에 준영은 젓가락을 놓으며 말했다.

"기억을 막 되찾았을 땐 화가 나긴 했지만 이젠 괜찮아. 네 맘을 이해할 것 같거든. 그리고… 널 힘들게 해서 미안하다, 하늘아."

준영은 밥을 먹고 난 뒤 하려는 말 때문인지 애써 웃으며 천(天)의 머리를 쓰다듬어 주었다.

한데 머리를 쓰다듬을수록 천(天)의 머리가 점점 숙여졌다. 그리고 마치 준영이 할 말을 예상이라도 했다는 듯 나지막이 중얼거렸다.

"…이게 아니잖아요. 이런 상황을 바라고 한 일이 아니란 말이에요. 차라리, 차라리……."

준영은 밥을 먹고 하려던 말을 해야 할 때임을 알았다.

"너와의 기억이 모두 기억나긴 했지만 마음은 여전히 한 사람을 향하고 있구나. 네 마음을 받아주지 못해 미안하다."

"……."

어깨까지 잔뜩 웅크린 채 고개를 떨군 모습에 가슴이 아프긴 했지만 이젠 확실히 할 때였다.

죽기 전에 펑펑 울던 천(天)의 모습과 지금의 모습이 겹쳐 보여 가슴이 아팠지만 어영부영 넘어가는 것이 더 잔혹한 짓이 될 게 뻔했기에 마음을 다잡았다.

"10년간 겪었을… 아니다. 나중에 얘기하자."

지금은 어떤 말을 해도 들리지 않을 것이 분명했기에 하려던 말을 멈추고 자리에서 일어나 밖으로 향했다.

한데 예상 밖의 사람이 문 앞에 서 있었다.

능령이었다.

"…언제 왔어?"

"하늘 씨가 축하한다고 할 때부터. 고의는 아니었어. 자기가 내려간 다음 헬기에서 전화벨이 울려 봤더니 스마트폰을 놓고 갔더라."

"나중에 전해줘도 되는데… 일단 방으로 가자. 시간이 필요할 거야."

준영은 능령의 손을 잡고 옥상에서 오작교가 있는 곳으로 내려갔다.

오작교라는 이름을 붙인 것도, 자신의 방을 예전 가상현실 세계에서 함께 지내던 곳과 똑같이 꾸민 것도 자신이 알아주기를 바라서였을 터.

그 마음이 느껴지는 것 같아 오작교를 건너는 준영의 마음은 무거웠다.

방에 도착하자 능령이 앞뒤 말을 자르고 물어왔다.

"연인 사이였어?"

"…뭐가?"

"과거의 두 사람 관계 말이야. 아니, 과거가 아니라 전생이라고 해야 하나? 듣긴 했지만 이해할 수 없는 부분이 너무 많았어. 하지만 한 가지는 확실히 알겠더라."

"못 들은 걸로 해줘. 그리고 신경 쓸 필요 없어."

"들은 걸 어떻게 못 들은 걸로 해. 어제오늘 이상하더니 전생의 기억이 난 거야?"

능령은 결코 물러설 생각이 없어 보였다.

"응."

설명할 수 없는 부분이 많으니 전생이라고 생각하는 편이 오히려 설득력이 있어 보였기에 순순히 대답했다.

"두 사람이 전생에 연인 관계였으면 난 전생에 무슨 관계였어?"

능령이 미소까지 지으며 장난스럽게 물었다.

담담한 척 애를 쓰고 있다는 느낌이 들어 미안했지만 심각해지면 오히려 분위기가 무거워질 것 같아 준영도 가볍게 받았다.

"날 짝사랑하던 옆집 여대생."

"정말?"

"응, 전생엔 이런 얼굴과 몸매가 아니었거든. 누구나 부러워할 만한 외모를 지녔었지."

"나는?"

"지금이랑 똑같아. 아주 미인이었어."

"하늘 씨도 똑같았어?"

"응."

"하늘 씨랑 나랑은 전생이랑 똑같이 태어났는데 넌 왜 다르게 태어난 거야?"

"글쎄, 아마 착한 여자들을 눈물짓게 해서가 아닐까?"

말해놓고 보니 틀린 말은 아닌 것 같았다. 그래서일까 준영은 자조적인 웃음이 피식 나왔다.

그에 능령도 유난을 떨며 말했다.

"큰일 났다. 어떻게 해?"

"뭐가?"

"이번 생에도 눈물짓게 만들었으니 다음 생에는 더 나쁘게 태어날 거라는 소리잖아? 근데 여기서 더 나빠질 수 있을까? 깔깔깔!"

"……."

통쾌하다는 듯 웃는 능령을 어이없는 표정으로 바라보던 준영은 그녀의 눈이 전혀 웃고 있지 않음을 알 수 있었다.

준영은 화제를 전환시켰다.

"참, 아까 전화 왔다고 하지 않았어?"

"아! 맞다. 급한 전화라고 했었는데 내 정신 좀 봐."

"어디에게 온 전화길래?"

"몰라. 허가량이라고 하면 알 거라고 하던데."

허가량이라는 말에 준영은 다급히 능령에게서 스마트폰을 받아 전화를 걸었다.

그가 급하다고 할 일은 몇 가지 없었기 때문이었다. 아니나 다를까 통화가 연결되자마자 허가량이 급한 목소리로 말했다.

—철량이 어제 한국으로 건너갔다고 합니다. 꽤 많은 인원을 데려갔다고…….

번쩍!

그때 창밖으로 뭔가가 번쩍하고 빛남과 동시에 스마트폰은 물론이고 방 안의 불이 모두 꺼졌다.

동시에 닭살이 돋을 만큼 짜릿한 느낌이 온몸을 덮쳤다.

Under Attack

파지직! 파팍! 쿠웅!

번쩍거림이 발생한 후 약간의 시간 차를 두고 방에 있던 전자 기기들이 연기를 내며 작동을 멈췄다. 그리고 연이어 건물이 가볍게 흔들렸다.

준영은 고장 난 스마트폰과 벽에 다양한 그림을 보여주는 디지털 액자를 보면서 EMP를 의심할 수밖에 없었다.

"아직까진 짐작에 불과하지만 누군가가 이곳을 공격하려 하는 것 같아. 그러니 지금부터 내 말 잘 들어. 지하로 내려가면 안전하게 대피할 곳이 있어. 바로 이곳이야."

준영이 벽의 한 부분을 잡고 힘을 주자 기계식 엘리베이터가 나타났는데, 전기가 나갔을 때도 사용할 수 있는 것이었다.

"일단 이 앞에서 기다려. 난 일단 다른 건물 사람들이 대피하고 있는지 확인하고 올게. 그러다 혹시 이 방의 방어 시스템이 작동되면 바로 내려가."

능령은 약간 두려워하는 모습을 보이고 있었지만 집안이 집안이다 보니 상황 판단이 빨랐다.

"…자기는?"

"여기 말고도 지하로 내려가는 곳은 각 건물마다 있어. 그러니 혹 위험해지면 다른 곳을 이용하면 되니까 걱정하지 마."

"진짜지?"

"훗! 이런 미인을 두고 죽을 수야 없지."

마음은 급했지만 능령을 안심시키기 위해 노력했다.

"거짓말이면 넌 다음 생에 인간으로 태어나지 못할 거야."

"걱정 마. 다음 생엔 전생의 외모를 되찾게 될 테니까."

능령을 안고 키스를 한 준영은 방을 나섰다.

"역시나……."

EMP가 터졌다면 로봇 경호원들도 무사하지 못할 것이라 생각했다. 아니나 다를까 거실로 나오자 집사가 바닥에 누워 꼼짝도 하지 않고 있었다.

"하늘아, 내 말 들려? 내 말 들리냐고?"

거실을 나와 오작교를 건너며 준영은 다급하게 외쳤다. 하지만 귀에 있는 이어폰도 고장 났는지 어떤 대답도 없었다.

"하늘아! 하늘아!"

천(天)의 이름을 부르며 막 옥상으로 향할 때였다.

"마음이 바뀌어 부르는 거 아니면 그렇게 애타게 부르지 말아요."

"…위급한 상황에 농담을 하는 걸 보니 멀쩡한가 보네."

"전 특별하니까요."

태연한 척 애쓰는 모습이 안쓰럽긴 했지만 지금은 그저 모른 척하는 것이 좋았고 그럴 수밖에 없는 상황이었다.

"아무래도 철량의 공격인 것 같아. 연구소와 직원들을 대피시켜야겠어."

"이미 대피를 시작했어요."

"정말? 전자 기기가 모두 망가졌을 텐데 어떻게?"

"공사 이후 제가 설치해 둔 건 EMP를 웬만큼 견딜 수 있게 디자인된 것들이에요. 물론 지하의 슈퍼컴퓨터 또한 마찬가지고요."

"또다시 공격하면 그마저도 고장 날 수 있다는 소리잖아?"

"테스트가 완벽하지 않았으니까요. 보조긴 하지만 중간에 강한 자기장이 감지되면 장치의 전원이 끊어지도록 되어 있어서 괜찮을 거예요. 일단 지휘소로 자리를 옮겨요. 3킬로미터 밖에서 적들의 움직임이 위성으로 관측됐어요."

지휘소는 대피소와 같은 깊이의 지하에 위치한 곳으로, 그 밑으로 슈퍼컴퓨터가 자리해 있었다.

능령을 데리고 지휘소로 내려온 준영은 제일 먼저 연구소의 아이들과 직원들이 제대로 대피를 했는지부터 확인했다.

천(天)의 손동작에 대피소 화면이 뜨며 아이들과 간호사들, 그리고 직원들의 얼굴이 일일이 캡처되며 비교됐다.

"미화원 중 두 명이 대피를 아직 못 했어. 본사 직원들 중에도 한 명이 없고."

"찾고 있으니 채근 말아요. 위성통신을 이용하고 있어서 딜레이가 있어요."

천(天)의 통신 상태가 좋지 않은지 화면 전환이 눈에 띄게 더뎠다.

기존 카메라들이 고장 나면서 카메라가 부족해 찾는 것이 더뎌진 것이다.

"미화원 두 명은 찾았어요. 지금 대피소로 이동 중에 있어요. 아! 더 이상 카메라에 자원을 쓸 수 없겠어요."

대피소의 카메라들이 한 대씩만 남고 모두 꺼졌고 화면에 다른 장면이 펼쳐졌다.

"아!"

조용히 뒤에서 상황을 지켜보던 능령의 입에서 무거운 탄식이 터져 나왔다.

위성 카메라가 전송하고 있는 화면에는 비행 슈트를 입은 100여 명의 군인—한국군 군복을 입고 있는—이 날아오고 있었다.

그뿐만이 아니었다. 다른 화면에는 수십 대의 군용 트럭이 줄을 지어 오고 있었다.

"큭! 작정을 했군. 해결책은?"

"없으면요?"

"도망가야지. 도망갈 길은 있는 거지?"

사람들이 피한 대피소에는 500명이 한 달 정도 먹을 수 있는 식수와 음식이 있었다. 그와 함께 본사 건물이 지어져 있는 언덕 아래로 내려가는 통로 또한 마련되어 있었다.

현재로써는 대피소가 더 안전하지만 상황에 따라서는 탈출을 시켜야 했다.

직원들과 관계자를 위한 통로도 마련되어 있는데 자신이 탈출할 통로가 없을 리가 없다는 게 준영의 생각이었다.

"있어요, 탈출구도 해결책도."

"좋아, 그럼 일단 해결책부터 들어보자고."

"EMP에 영향을 받지 않는 장치들을 개발하면서 방어용 로봇들도 만들어뒀어요. 한데 아무래도 대대 병력이 넘는 인원을, 그것도 전투용 슈트까지 착용한 이들을 막기는 힘들 거예요. 물론 최선을 다해 막아보겠지만 그래 봐야 시간을 끄는 게 고작일 테죠."

"결국은 지난번처럼 해야 한다는 소리군?"

"건물이 아깝긴 하지만 어쩔 수 없어요. 증거물들도 너무 많고요."

천(天)이 머물고 있던 건물에만 인간형 로봇이 최소 스무 대가 넘게 있을 것이다. 그리고 연구소에서 의사 역할을 하던 이들까지 친다면 최소한 40대가 넘었다.

그들 중 하나라도 넘어간다면 인조인간을 가지고 있다는 장점은 금세 사라질 게 뻔했다.

"어쩔 수 없겠지. 일단은 막는 데까지 막아보자고. 앗! EMP 탄을 발사하려나 봐."

비행 슈트를 입고 날아오던 군인들이 1킬로미터 지점에서 일제히 멈췄고 그들을 뒤따라오던 트럭 중 한 대가 자리에서 멈추며 로켓 발사대를 성심그룹 본사 쪽으로 돌렸다.

그리고 곧이어 발사대에서 로켓이 분출됐다.

"전원을 차단합니다. 하나, 둘, 셋!"

지휘실의 불이 일제히 꺼지며 칠흑과 같은 어둠에 빠졌고 능령은 두려웠는지 준영의 몸을 더듬어 손을 잡아왔다.

"괜찮아. 잘 될 거야."

능령의 손을 힘주어 잡으며 준영은 받은 만큼 돌려줄 것이라고 다짐했다.

*　　*　　*

번쩍! 쿠웅!

어젯밤 영상의 도시 8지역에 있는 예술가의 광장에서 밤새도록 놀고 회사에 출근한 백교윤은 화장실 좌변기에 앉아서 잠들었다가 건물이 흔들거리는 느낌에 눈을 떴다.

"헉! 젠장, 존다는 게 잠을 잤네. 한 소리 듣겠군."

지난달 무리해서 장만한 명품 시계로 시간을 확인한 백교윤은 한 시간을 넘게 잠들어 있었다는 걸 깨닫고는 화들짝 놀랐다.

그는 화장실에서 나와 세면대에서 대충 거울을 본 후 사무실로 뛰어갔다.

"어라? 다들 퇴근했나?"

텅 빈 사무실을 본 백교윤은 고개를 갸웃거리며 시계를 쳐다보았지만 아직까지 퇴근 시간은 아니었다.

뭔가 이상하다 싶어 복도에 나와 다른 사무실을 기웃거려 봤지만 역시 아무도 없었다.

퍼뜩 드는 생각은 비상 대피 훈련이었다.

"미치겠네. 이제 팀장한테 죽었구나."

개인적으로 주어진 업무만 제대로 한다면 웬만한 일은 잔소리만 몇 마디 할 뿐 별말 하지 않는 팀장이었지만 단 한 가지, 비상 대피 훈련에 대해서는 유독 깐깐하게 굴었다.

물론 백교윤도 팀장이 깐깐하게 구는 이유를 알고 있었다.

실적 위주로만 사람을 판단하지 않고 전반적인 됨됨이로 승진을 결정하는 회사 문화를 가진 성심그룹에서 거의 유일하게 점수화시켜 평점을 매기는 것이 바로 비상 대비 훈련이었다.

이는 성심그룹 계열사 중 하나인 성심기계의 대천 공장 사고 이후로 생긴 훈련으로, 시시때때로 갑작스럽게 비상을 거는 바람에 업무에 지장이 있을 정도였다.

각설하고 그런 중요한 일에 자신이 실수를 했으니 자신의 평점도 평점이지만 팀장이 두고두고 갈굴 것이 분명해 보였다.

"으, 젠장! 도망가고 싶군."

하지만 말뿐이었다.

성심그룹은 퓨텍에 이어 대학생들이 가장 들어가고 싶어 하는 기업 2위에 올라 있었고, 직원들의 만족도가 가장 높은 회사였다.

그런 회사를 단지 미래에 있을지 없을지도 모르는 갈굼 때문에 그만둘 리가 없었다.

"어, 저게 뭐지?"

떨어지지 않는 발걸음을 옮기며 대피소로 갈 수 있는 비상계단 쪽으로 향하던 백교윤은 창밖으로 새 떼 같은 것이 회사 쪽으로 날아오는 것을 보곤 걸음을 멈추고 눈을 찌푸린 채 쳐다보았다.

"군바리들 훈련 중인가 보네. 가만… 한데 저런 비행 슈트가 우리나라에 있었던가?"

한때 밀리터리 마니아라고 불렸을 정도로 몰두한 적이 있었기에 군인들이 착용하고 있는 비행 슈트와 우리나라에서 개발된 비행 슈트와의 차이점 정도는 금세 알아차릴 수 있었다.

"이번 훈련은 참 사실적으로 하네."

주변 군부대와 함께하는 훈련의 일종이라고 생각한 백교윤이 시선을 돌리려 할 때 편대를 이루고 날아오던 비행 슈트 군대에 일이 발생했다.

꽈앙!

자신이 있는 곳까지 진동이 느껴질 정도의 폭발음과 함께 다섯 명씩 짝을 이룬 1개 편대가 공중에서 산산이 부서져 흩어졌다.

"아악! 무, 무슨……."

하지만 그것은 시작에 불과했다.

비행 슈트대는 뿔뿔이 흩어지며 아래를 향해 각종 중화기를 쏟아부었다. 아래에서도 조금 전과 비슷한 공격이 계속되었다.

마치 전쟁 영화의 한 장면 같은 모습에 백교윤은 자신이 여전히 꿈속에 있다고 생각하며 볼을 꼬집어봤지만 아프기만 지독히 아플 뿐이었다.

강 건너 불구경이라고 분명 사람이 죽는 장면이었지만 멀리 있어서 피가 보이는 것도 아니었고 펑 하고 터져 산산이 부숴지는 모습 또한 너무 비현실적이어서 그런지 백교윤의 시선은 창을 떠날 줄을 몰랐다.

아니, 시간이 갈수록 비행 슈트대를 공격하고 있는 것이 무엇인지 궁금해졌다.

백교윤은 비상계단을 통해 대피소로 향하지 않고 오히려 옥상 쪽으로 향했다.

16층 이상은 이사실과 준영의 전용 공간이라 올라갈 수 없었지만 15층에서도 아래의 모습까지 모두 볼 수 있었다.

"헉헉! 터렛이다! 헐! 저건 전투형 로봇!"

숨 가쁘게 뛰어 올라온 것이 아깝지 않았다.

옛날에 유행했었던 '스타' 라는 게임에서 인간 종족의 건물 중 공중을 공격하는 건물과 비슷하게 생긴 여러 대의 터렛이 연신 불을 뿜고 있었고, 바닥의 거미처럼 생긴 로봇들 역시 비행 슈트대의 공격을 요리조리 피하며 반격을 하고 있었다.

"저런! 방어하는 쪽이 밀리겠는걸."

백교윤은 현실 감각을 잊고 마치 프로게이머의 경기를 보듯이 평을 했다.

그의 말처럼 터렛과 전투형 로봇이 하나둘씩 파괴되어 가면서 급격하게 비행 슈트대의 우세로 흐르고 있었다. 게다가 보병들까지 도착하자 전세는 완전히 기울기 시작했다.

"어어? 어어어어어……!"

마지막 전투형 로봇이 파괴되자 남아 있는 비행 슈트대는 일제히 백교윤이 있는 건물로 날아왔고 그 흉흉한 모습에 그는 뒷걸음치며 말을 제대로 하지 못했다.

두두두두두두두! 콰앙! 콰앙!

그의 눈앞까지 날아온 비행 슈트대가 일제히 준영이 머물던 곳을 향해 사격을 가하기 시작했다.

건물의 진동과 고막을 찢을 듯한 폭음에 비로소 현실로 돌아온 백교윤은 바닥을 기며 빠르게 비상계단 쪽으로 가려고 했다.

하지만 갑작스런 공포에 몸이 굳어서일까 멀지 않은 거리를 몇 번이고 꼬꾸라져 좀처럼 비상계단으로 갈 수가 없었다.

쨍그랑! 쨍그랑!

그때 비행 슈트단 중 세 명이 15층 창문을 뚫고 안으로 들어왔다.

"사, 살려주세요!"

백교윤이 손을 비비며 살려달라고 소리쳤다.

"What the fuck……."

새파란 눈에 금발을 가진 군인이 그럴 생각이 전혀 없다는 듯 자동소총을 그에게 겨눈 채 당기려 할 때였다.

우직! 와장창창!

사무실 벽이 부서지며 조금 전에 본 거미를 닮은 전투용 로봇이 튀어나와 세 명의 군인을 그대로 짓이겨 갔다.

"……!"

떨림에 이가 절로 다닥거렸고 바지는 금세 흠뻑 젖어갔다.

슈트를 입으면 웬만한 외부 충격은 충분히 버틸 수가 있었다. 하지만 전투용 로봇이 얼마나 강하게 부딪혔는지 세 명의 군인은 거의 벽에 박히다시피 했고 바닥은 금세 피로 흥건해졌다.

세 명을 처리하고 자신을 향해 날아오는 전투용 로봇. 백교윤은 죽음을 직감했다.

눈을 질끈 감고 죽음을 기다리고 있던 그는 몸을 짓누르는 느낌이 없자 살며시 눈을 떴다.

전투용 로봇은 밖에서 쏟아져 들어오는 총탄으로부터 자신을 보호하고 있었던 것이다.

—…폭발해. …피해!

총소리와 총탄이 로봇에 부딪치는 소리 때문에 제대로 듣지는 못했지만 피하라는 마지막 전자음은 확실히 알아들을 수 있었다.

잠깐 망설이긴 했지만 점점 기울어지는 로봇의 상태로 봐서는 선택의 여지가 없었다.

로봇의 다리와 다리 사이의 공간으로 기어 나온 그는 아무 생각 없이 비상계단으로 뛰기 시작했다.

멍해진 귀 덕분에 총소리와 폭발음을 완전히 무시할 수 있었고, 다행히 비상계단까지 도착할 수 있었다. 그리고 거의 구르다시피 지하 3층까지 내려갔다.

"저, 저예요! 해외 사업 3팀 백교윤 대립니다. 문 좀 열어주세요!"

벽처럼 생긴 곳이지만 그곳이 대피소로 향하는 문임을 몇 번의 대피 훈련을 통해 알고 있었다.

필사적인 그의 외침을 누군가가 들었는지 문이 열렸고 그는 안으로 들어갈 수 있었다.

그리고 문이 닫히고 잠시 후 '쿠~웅!' 하는 소리와 함께 엄청난 진동이 느껴졌다.

살았다는 생각도 잠시 얼른 대피소로 이동해야겠다는 생각에 그의 발걸음은 다시 바빠졌다.

*　　*　　*

하늘에서 떨어져 내린 벙커 미사일이 준영이 지내던 건물에 내리꽂히며 무지막지한 폭발음과 함께 상층부의 일곱 개 층이 날아가 버렸다.

"쩝! 건물이 아니라 요새군요."

지휘 차량에 앉아 관측병이 보내오는 영상을 보던 로키는 벙커 폭탄을 사용했음에도 고작 일곱 개 층밖에 날리지 못했다는 것에 아쉬운 입맛을 다셨다.

"숨길 것이 많은 놈이니까요. 그나저나 예정에도 없던 벙커 폭탄까지 사용하게 되었는데 괜찮겠습니까?"

"더 이상의 희생은 줄여야죠. 그리고 핑계거리가 있지 않습니까. 옆 나라 일본은 컴퓨터 오류로 이상한 일이 많이 생겼는데 한국이라고 그런 일이 발생하지 말라는 법은 없겠죠."

이삭줍기 하듯이 주워 먹을 것이라고는 생각하지 않았다. 한데 예상보다 미국인 희생자가 늘어났고, 또한 한국군이 움직이고 있다는 정보가 들어왔기에 서둘지 않으면 빈손으로 돌아갈 수 있다는 생각이 그를 과감하게 만든 것이었다.

"허허허. 그렇군요."

철량은 너털웃음을 지었지만 눈은 전혀 웃고 있지 않았다. 그에게 필요한 건 준영의 목이었는데 지금까지 머리카락 한 올도 보지 못했으니 신경이 곤두설 수밖에 없었다.

게다가 시간은 그들의 편이 아니었다.

한국군 도착을 지연시키기 위해 몇 가지 방책을 마련해 뒀지만 길어야 10분에서 20분이었다.

그때 로키에게도 철량에게도 기쁜 소식이 들려왔다.

—B 건물에서 발견한 시체들을 살펴본 결과 인조인간 같습니다. 지금 회수해서 가져가겠습니다.

—지하로 내려가는 통로를 발견했습니다. 모두 세 곳으로 지금 진입합니다.

"오호! 사실이었군요. 인조인간이라니……."

"내가 진실이라고 몇 번이고 말하지 않았소이까."

"이제 지하로 내려가 놈의 목과 슈퍼컴퓨터만 차지하고 철수하면 되겠군요?"

"놈은 반드시 죽여야 하오!"

"후후! 이제 용병들이 지하로 내려갔으니 놈의 목을 자르는 걸 직접 구경하시면 되지요."

로키는 원하는 것을 하나 얻어서인지 희생자 때문에 구겨져 있던 얼굴을 펴며 철량을 다독였다.

그러나 모든 일이 그들의 뜻대로 되지는 않았다.

—설계도와 지하실 구조가 다릅니다.

"구조와 달라?"

성심그룹을 지었던 건설 회사에서 설계 도면을 빼돌려 구조를 파악하고 계획을 세웠는데 구조가 변경되었다면 시간이 더 필요할 수밖에 없었다.

"막혀 있다면 폭발물로 뚫어라."

—자칫 잘못하다간 건물 전체가 무너질 수 있는 구조입니다. 그리고 피해 있을 장소도 없습니다. 장비로 뚫어야 합니다.

"시간이 얼마나 걸릴 것 같은가?"

—30분, 아니, 20분이면 충분합니다.

많은 돈을 주고 고용한 용병들이지만 죽으란다고 죽을 사람들은 아무도 없었다. 그래서 타협안을 제시했다.

"폭발물로 간다. 설치하고 모두 밖으로 나오도록."

—알겠습니다.

폭발물을 설치하는 용병을 제외하곤 하나둘씩 엘리베이터 통로를 거슬러 올라갔다.

폭발물이 준비되는 동안 인조인간이 스무 대가량 더 발견

되었다는 보고가 들려왔지만 로키만 좋아했을 뿐 철량에게는 큰 의미가 없었다.

—준비됐습니다. 카운트다운 들어갑니다. 십, 구…….

3부터 시작해도 될 것을 왜 꼭 10부터 카운트를 하는 건지 철량은 이해가 되지 않았다.

"오, 사, 삼……."

콰콰콰콰쾅!

카운트다운 2를 남겨놓고 지휘 차량이 있는 3킬로미터 후방까지 폭발음이 들려올 정도의 큰 폭발이 일어났다.

그와 동시에 수십 개가 넘는 화면 중 단 하나만을 제외하곤 모두 꺼져 버렸다.

"…무, 무슨!"

유일하게 나오는 화면 또한 뿌연 연기로 가득해 뭐가 뭔지 알 수가 없었다.

—…하늘에서 빛줄기가 떨어지며 목표 지점에서 큰 폭발이 일어난 것이 한국군에서 미사일을 발사했나 봅니다.

"이익! 한국군이 미쳤냐? 왜 그쪽으로 미사일을 발사해! 화면을 당겨봐!"

갑작스런 상황에 멍하니 화면을 바라보던 로키가 얼굴을 붉히며 소리쳤다.

CIA 아시아 요원들은 물론 오키나와에 있는 해병대 인원 오십 명과 기술자 열 명을 데리고 왔는데 아무것도 얻지 못한 채 그들 모두를 잃게 된다면 그의 미래는 보나마나였다.

관측병은 성심그룹 본사를 향해 줌을 당겼고 바람에 서서히 먼지가 걷히면서 실체가 드러났다.

"……."

아무것도 없었다.

높게 솟아 있던 빌딩도, 비행 슈트를 입고 날던 용병들도, 후방 지원과 물건을 옮기기 위해 대기 중이던 트럭도.

"이, 이 정신병자 같은 놈……!"

철량은 몸을 부들부들 떨면서 준영을 욕했다.

한국군이 하지 않았다면 자신의 아들을 죽였을 때처럼 준영 스스로가 폭파시켰음이 틀림없었다.

철량과 로키는 '신호 없음' 메시지를 보이며 깜박거리고 있는 모니터를 보며 한참을 넋이 빠진 사람들처럼 앉아 있었다.

"지, 지국장님, 바, 밖을 보십시오."

"왜! 도대체 뭘 보라는 거야?"

지휘 차량을 운전하고 있던 요원이 말을 더듬거리며 로키를 불렀고 그는 신경질적으로 대답하며 지휘 차량의 창문을 투명하게 만들었다.

"무인 전투기?"

최신의 수직 이착륙 비행기인 F55A를 닮은 무인 전투기—크기가 작전 차량보다 작았고 사람이 탈 수 없는 구조였다—가 무기를 드러내며 떠 있었다.

앙증맞은 크기의 무기였지만 왠지 위험할 것 같은 느낌에 로키는 말을 잇지 못했고 그때 무인 전투기의 스피커를 통해 말이 흘러나왔다.

—모두 밖으로 나와!

로키와 철량, 그리고 운전 요원은 작전 차량 밖으로 나갈 수밖에 없었다.

—CIA 아시아 지국장인 로키 잭슨과 중국 전 부주석인 철량, 너희 두 사람이었군.

"네 이놈!"

조용한 로키와 달리 모든 것을 잃다시피 한 철량은 준영이라고 생각되는 목소리가 들리자 분노해 버럭 소리를 질렀다.

—방귀 뀐 놈이 성낸다더니 정말 딱 그 짝이군.

"닥쳐! 네놈이 내 아들을 죽이지 않았느냐! 난 아비로서 당연한 일을 하는 것뿐이다."

—쯧! 철무한이 그렇게 된 건 다 당신 때문이야.

"뭐라고!"

—자식 교육을 그따위로 시켰으니 미친 망아지처럼 뛰다 죽은 거야. 정혼자와 알고 있다는 이유만으로 날 죽이려 했는데 내가 왜 가만히 있어야 하지?

"닥쳐라, 이놈……!"

철량은 분을 참지 못하고 끊임없이 몸을 부들부들 떨고 있었다. 그러나 한편으로는 이 위기를 벗어나 살아야겠다는 생각에 준영을 자극하는 말은 꺼내지 않고 슬쩍슬쩍 주위를 살피고 있었다.

그건 로키도 마찬가지였다.

"두 사람 관계가 그런 줄도 모르고 제가 괜한 일에 끼어든 것 같군요. 한쪽 말만 듣고 함부로 행동해서는 안 되는 것인데 미안합니다, 안 회장. 오늘 귀사가 피해를 입은 것에 대해선 반드시 사과를 하겠습니다."

—…어떻게 사과를 할 건데요?

"음, 일단 이건 어떻습니까?"

로키는 말을 끝내자마자 총을 꺼내 철량의 머리에 겨누었고 망설임 없이 방아쇠를 당겼다.

탕!

철량은 전혀 예상을 못 했는지 어리둥절한 표정을 지은 채 쓰러졌고 로키는 거치적거리는 모기를 죽인 듯 아무렇지 않은 표정으로 말을 이었다.

"이건 그저 사과를 하기 전에 하는 인사쯤으로 하지요. 사과의 뜻으로는 이미 사라져 버린 예전의 건물보다 열 배는 좋게 만들어 드리겠습니다."

—…….

"또한 성심그룹에 대해선 제가 상부에 말씀드려 세계 어디로 진출하든 편의를 봐드리도록 하겠습니다. 어떤 나라에서 어떤 사업을 하든 원하는 대로 되실 겁니다. 그러니 오늘 일은 잊고 조용히 보내주는 것이 어떻겠습니까?"

잠시 침묵이 이어졌다. 그리고 침묵을 깬 건 무인 전투기에 장착된 스피커였다.

―사과를 받아들이기 전에 하나만 묻죠.

"하하! 얼마든지요."

―CIA가 날 노릴 이유가 없는데 철량과 손을 잡고 왔다면 기술을 노린 것이겠죠?

"철량, 이 인간이 달콤한 말로 유혹을 하는 바람에 어쩔 수 없었습니다."

―이해합니다. 저도 탐욕스러운 인간이다 보니 제가 가지지 못한 걸 가지고 싶어지거든요. 한데 이곳에 아이들을 질병을 연구하는 연구소가 있고 다수의 직원들이 있다는 걸 빤히 아셨을 텐데 그들은 어쩔 생각이었습니까?

"저흰 EMP와 지하로 내려가는 출구를 찾는 것에만 협조를 하기로 해서 잘 모릅니다. 하지만 철량, 이 인간의 평소 행동을 봐서는 아마도 모두 처리하려고 하지 않았을까 싶습니다만……."

로키는 죽은 철량의 입을 빌려 대답을 했다.

―훗! 그렇군요. 그럼 대답하죠.

준영은 잠깐 틈을 줬는데 그 시간이 로키에겐 꽤 길게 느껴졌다.

―안 받아.

"에?"

—사과 안 받는다고. 너희들은 일반 국민들 알기를 장기판의 졸로 보지? 이해해. 나 역시 너희 같은 놈들을 졸로 보거든.

"이해할 수 없는 말이 많지만 무슨 뜻인지는 알겠군요. 정말 끝을 보시겠습니까? 저를 죽이는 것이 뭘 의미하는지 아시는 겁니까?"

—난 당하고는 못 사는 성격이야. 벙커 미사일을 발사한 오키나와 미군 기지? 받은 대로 돌려줄 거야. 네 뒤에 미국이 있다고 말하고 싶은 건가? 좋아, 그렇다면 미국에도 갚아주지. 어디 말해봐. 네 뒤에 미국 정부가 있다고 말이야.

로키는 스피커로 들리는 준영의 말에 묘한 광기가 있음을 느끼곤 미국을 앞세워 협박을 할 수가 없었다.

'훗! 과한 욕심이 화를 부른다더니…….'

씁쓸하게 웃은 로키는 들고 있던 권총을 전투기를 향해 겨누고 방아쇠를 당겼다.

탕탕탕탕! 탕탕탕탕!

모조리 튕겨 나가는 탄환들.

역시 계란으로 바위 치기였다.

로키가 총알을 선물하자 무인 전투기는 미사일을 답례로 줬고 로키는 눈을 감았다.

콰앙!

화염이 휩싸이는 장면을 끝으로 모니터는 꺼졌다.

"…더 이상의 위협은 없지?"

준영이 홀로그램으로 된 발사 버튼을 누른 손을 몇 번 쥐었다 폈다 하더니 천(天)에게 물었다.

"네, 모두 처리했어요."

"군인들은?"

"10분 정도 후면 출구 쪽에 도착할 거예요."

"좋아, 군인들이 도착하면 그때 대피소 문을 열어 출구로 내보내도록 하자."

30분도 되지 않는 짧은 시간 동안의 일이었지만 마치 며칠은 밤을 새운 듯한 피곤함이 몰려왔다.

하지만 아직 쉴 때가 아니었다.

먼저 나가서 출구로 나오는 사람들의 상태를 파악해 귀가 조치시키거나 병원으로 보내야 했다.

"묻고 싶은 게 많겠지만 일단 마무리 짓고 난 뒤에 얘기하자."

"…응, 기다릴게."

웬만한 일엔 눈도 꿈쩍하지 않는 능령이라고 해도 현재의 상황마저 태연하게 받아들이지는 못할 것이 분명했다.

그럼에도 불구하고 말할 때까지 기다리겠다고 답하는 능령을 보니 정말 애인은 잘 얻었다는 생각이 절로 들었다.

물론 천(天)에 대한 얘기부터 현 상황에 대한 얘기까지 적당히 각색해서 말할 생각을 하니 머리가 아파왔지만 말이다.

'휴우~ 그건 나중에 생각하자.'

어제부터 많은 일이 한꺼번에 일어나 정신적으로 너무 피곤했다. 그래서 일단은 조금 쉬고 싶었다.

"자! 그럼 나갈까?"

천(天)이 일어나 지휘소 한쪽으로 가자 문이 열리며 내려올 때와 비슷한 엘리베이터가 나왔다.

엘리베이터를 타고 내려가자 준영도 처음 보는 곳이 나왔는데 바로 천(天)의 본체 중 하단부가 있는 곳이었다.

가운데 위치한 본체는 기둥처럼 위로 솟아 있었는데, 바로 위층이 가상현실 게임을 만든다고 한동안 들락거렸던 천(天)의 자궁이 있는 곳이었다.

"아! 이게 플래닛을 서비스하는 슈퍼컴퓨터구나!"

능령은 신기한 것을 본 듯한 얼굴로 기둥 주위를 돌며 감탄사를 터뜨렸다.

"나중에 실컷 구경시켜 줄 테니 지금은 일단 나가요. 군인들이 거의 도착했어요."

"꼭이에요, 하늘 씨? 근데 말이에요. 저거 하늘 씨가 설계한 거예요?"

천(天)은 무뚝뚝하게 말하며 걸음을 옮겼지만 방긋 웃으며 대답한 능령은 그녀를 쫓아가며 질문을 했다.

'왠지 왕따 당하는 기분인데 이 홀가분한 느낌은 무엇이란

말인가. 쩝!'

두 여자의 등을 바라보며 잠시 생각에 빠졌던 준영은 고개를 절레절레 흔들며 뒤따랐다.

12장

나쁜 놈

“여긴 복도가 마치 미로처럼 되어 있네요? 침입자를 막기 위한 건가요?”

“냉각장치가 고장 났을 때를 대비한 방열이 주목적이에요. 만져 보면 차갑다는 느낌이 들 거예요.”

“어쩐지…….”

“그리고 이제 그만 질문할래요? 아까 들어서 알겠지만 오늘은 말할 기분 아니에요.”

“들었죠… 그러니까 더 친해져야죠…….”

능령의 끝말은 혼잣말에 가까워 준영과 천(天)은 듣지 못했다.

"처… 컥!"

두 사람의 하는 양을 지켜보던 준영이 천(天)에게 한마디 하려 했지만, 그 순간 능령의 팔꿈치에 옆구리를 얻어맞아야 했다.

"왜?"

"그냥 가만히 있어줄래?"

왜 그러냐고 물었지만 돌아온 건 가벼운 핀잔뿐이었다.

"…네네."

준영은 능령이 왜 천(天)에게 살갑게 대하려고 하는지 조금 전부터 눈치를 채고 있었다.

미안하다고 말하기도, 고맙다고 말하기도 어정쩡한 상태였기에 조용히 입을 다물었다.

"여기예요. 이걸 타면 회사에서 조금 떨어진 곳에 있는 농가에 도착할 거예요."

"휴우~ 드디어 끝이군. 타자고."

말이 방정이었을까 타려는 순간, 섬뜩한 느낌이 머리에서 척추로 흘러내렸다.

'위!'

위기 감지 능력은 위에서 위험이 있으니 현재 위치에서 얼른 벗어나라고 신호를 보내고 있었다.

짧은 순간 준영은 두 사람을 보았다.

천(天)은 한 발자국 뒤에, 능령은 한 발자국 앞에 있었는데 두 사람을 동시에 구할 수는 없다고 육감은 말하고 있었다.

"위험해!"

준영은 능령을 엘리베이터 안으로 밀며 자신 또한 몸을 날렸다. 그 순간 '꽝' 하는 소리와 함께 엘리베이터 위의 천장이 무너져 내렸다.

"아악!"

폭발로 인한 천장 잔해물이 천(天)에게 떨어졌고 그녀는 비명을 지르며 쓰러졌다.

"하늘아!"

바닥을 구르고 일어난 준영은 피를 흘리고 있는 천(天)을 보고는 그녀에게 다가가려고 했다.

그러나 천(天)은 태연하게 일어나서 다가오지 말라는 듯 고개를 젓고는 엘리베이터 문을 닫고 있었다.

그녀가 그렇게 한 이유는 금세 알 수 있었다.

"밑에 여자가 있습니다!"

또 다른 침입자들이 있었던 것이다.

문이 닫히기 직전 천(天)은 복잡한 표정을 지은 채 애써 웃고 있었다.

곧 문이 닫혔고, 엘리베이터는 빠르게 움직이기 시작했다.

"하늘 씨는 어쩌고……?"

"…괜찮을 거야."

로봇이라서 괜찮을 것이라 대답하는 준영의 말엔 확신이

없었다.

방금 전 머리 위에서, 다리에서, 어깨에서 나던 붉은색 피가 과연 색소에 불과한가?

의문이 떠올랐다. 그리고 그 의문을 뒷받침할 만한 것들이 속속 기억났다.

변화는 휴가를 다녀오고 난 뒤부터 였다.

두 시간마다 자리에서 일어나 10분 정도씩 자리를 비웠고, 즐겨 입던 속옷이 보일랑 말랑 하는 꽉 달라붙는 원피스는 거의 입지 않았었다.

'솔직히 이미 알고 있었잖아! 귀찮은 일이 생길까 스스로 그 사실을 모른 척한 것뿐 아냐?'

예전에 언급했지만 준영은 오감은 보통 사람보다 훨씬 뛰어났다.

이상함을 발견한 것은 그녀가 휴가를 다녀온 며칠 후였다.

천(天)이 즐겨 쓰던 향수 냄새에 다른 냄새—금세 체향임을 눈치챘다—가 섞여 있음을 알게 되었다. 그리고 한번 의심을 시작하자 그때까지 없었던 미세한 숨소리가 들렸고, 그녀의 피부가 달라졌음을 손을 잡으며 알게 되었다.

하지만 자신의 곁엔 능령이 있었다.

그래서일까 천(天)의 이상함을 그녀가 언급했던 '테스트'라는 말로 납득하고 모른 체해 버린 것이었다.

"괜찮을 리가 없잖아! 아까 피 흘리는 걸 못 본 거야? 아님 비겁하게 못 본 척하는 거야?"

"……."

"너 이런 사람이었어? 한때 네가 사랑했던 여자였잖아? 그런데 그런 곳에 버려두고……."

"버린 게 아냐!"

준영이 화를 내는 능령을 향해 소리쳤다.

그는 능령이 화를 내는 이유를 알고 있었다. 자신이 버럭 고함을 친 것과 같은 이유였으니까.

동료를, 친구를, 연인을 사지(死地)에 남겨두고 도망 나왔다는 기분.

더러웠다.

특히 준영은 능령보다 그 정도가 더했다.

그녀가 인간의 몸을 가지고 있다는 걸 자각하고 있었으면서도 '인조인간이니 괜찮겠지' 하고 자위했다는 것에 대해 지독한 자기혐오에 빠지고 있었다.

그런 자기혐오에서 벗어나기라도 하려는 듯 준영이 다시 소리쳤다.

"같이 있었다고 달라질 건 없었어! 그걸 알기에 하늘이가 문을 닫은 거고."

"…그래서 이대로 있겠다고?"

능령이 당장에라도 울 것 같은 표정으로 물었고 그때서야 아차 싶었다.

스스로에게 난 화를 그녀에게 풀고 있음을 깨달은 것이다.

준영은 표정을 풀고 조심스럽게 능령을 안았다. 그리고 조용히 말했다.

"이대로 있지 않아. 무슨 수를 써서라도 구할게. 그러니 너무 걱정하지 마. 반드시 구해낼 테니까."

"…으, 응, 흑!"

자신이 힘든 하루였다면 능령에게도 힘든 하루였을 것이다. 아니, 어쩌면 아무것도 모른 채 겪은 그녀가 더 힘들었을지도 몰랐다.

좌우로 움직이는 엘리베이터가 도착한 농가는 겉은 어떨지 모르지만 내부는 잘 꾸며져 있었다.

"잠깐 앉아 있어."

능령을 소파에 앉히고 다독여 준 준영은 마침 구비되어 있는 전화기를 들어 천(天)에게 전화를 걸었다.

"받아, 받아! 제발 좀 받으란 말이야."

평소 벨 소리가 들리기도 전에 전화를 받던 천(天)이 다섯 번이 넘게 신호가 갔음에도 받지 않았다.

하늘이 말고 컴퓨터 본체에도 이상이 생겼음을 직감한 준영은 열 번쯤 신호음이 갔을 때 전화를 끊었다.

그리고 지(地)에게 연락하기 위해 번호를 누르려는 찰나 전화벨이 울렸다.

따르릉! 따르릉!

—위성통신이라 연결이 늦어질 수도 있지 뭐가 그리 급해요?

"안의 상황은?"

—곧 해결될 거예요. 그러니 걱정 말고 영상의 도시에 가서 좀 쉬어요.

말투는 평소와 다름없었지만 준영은 천(天)이 자신을 안전한 곳으로 보내기 위해 거짓말을 하고 있다는 걸 알게 되었다.

준영이 소파에서 일어나 능령과 거리를 벌린 후 속삭이듯 말했다.

"이제 거짓말도 할 수 있는 건가?"

—…완벽하다고 생각했는데 어떻게 알았어요?

"정말 해결될 일이었으면 보다 정확하게 얘기했을 테니까. 그 문제는 나중에 얘기하기로 하고. 많이 심각해?"

—침입자들이 무슨 수를 썼는지 메인 컴퓨터와 연결이 끊어졌어요. 지금은 메인 컴퓨터가 이상 있을 때를 대비해 위성에 카피해 둔 천(天)이에요. 원본은 네트워크에서 완전히 분리되어 메인 컴퓨터에 갇힌 상태죠.

천(天)이 카피본에 어느 정도의 권한을 설정해 뒀는지 모르지만 원본이 갇혔다는 건 꽤 심각한 문제였다.

카피본은 스스로 천(天)이라고 믿고 있겠지만 그건 어불성설이었다.

'어쨌든 지금은 그게 중요한 게 아니지.'

현재로써는 메인 컴퓨터와 연결될 때까지—영원히 연결이 안 될 가능성이 높았지만— 내부의 상황을 전혀 알 수가 없게 되었다는 것이 가장 심각한 문제였다.

"대지는?"

—지금 경호 로봇들과 오고 있어요.

"얼마나 걸리지?"

—최대한 서둘러서 오고 있지만 도착하려면 최소한 한 시간은 걸릴 거예요.

"침입자들이 메인 컴퓨터를 노리고 왔다는 가정하에 핵심 부품을 빼 가려면 얼마나 걸릴까?"

—30분 정도면 충분해요. CPU와 제1 기억 저장 장치만 가져가면 되거든요.

지(地)가 올 때까지 기다릴 수 없다는 소리였다.

준영이 생각에 빠지자 카피본인 천(天)이 설명을 덧붙였다.

—설령 지(地)가 온다고 해도 지금 나왔던 통로로는 들어갈 수가 없어요.

"그게 무슨 말이지?"

—통로에 폭발물이 설치되어 있는데 원본과 연결이 끊어지면 작동되도록 되어 있어요. 즉 지금은 작동이 된 상태고 원본인 천(天)이 깨어나서 해제를 하지 않는 이상 한 사람을 제외하곤 들어갈 수 없어요.

"나?"

—네, 당신이 제가 유일하게 사랑하고 존경하는 이니까요.

카피본이라 그런지 낯간지러운 소리를 잘도 했다.

"선택의 여지가 없다는 소리군."

—혹 들어갈 생각인가요?

"그럴까 생각 중이야."

—절대 안 돼요. 저 때문이라면 걱정하지 말아요. 하루 동안 원본과 연결되지 않으면 그땐 제가 모든 권한을 가지게 되고 별도의 장소에 보관된 기억까지 제가 가질 수 있어요.

혹시 일어날지 모를 최악의 상황까지 확실하게 대비한 모양이었다.

"그래도 들어가 봐야 해."

—하늘이 때문인가요? 그녀 역시 괜찮을 거예요. 그러니 들어가면 안 돼요.

"왜? 다시 만들게?"

—…미안해요. 그건 제 권한으로 말할 수 없네요.

"그건 하늘이에게 직접 듣도록 하지."

—안 돼…….

"명령이다. 그 문제에 대해서는 더 이상 아무 말도 하지 말도록."

—알았어요.

카피본이 권한을 얻으면 원본과 똑같아질 테고 그러면 유전공학으로 하늘이의 새로운 클론을 만들 수 있을 것이다.

그럼 새로 만들어진 클론은 현재의 하늘이와 다를까? 아니, 구분도 못 할 만큼 똑같을 것이 분명했다.

그럼에도 불구하고 굳이 안으로 들어가려고 하는 자신에게 '도대체 왜'라는 질문을 던졌다.

특별한 이유는 없었다. 단지 조금 전 피를 흘리며 처연하게 웃던 하늘이와는 분명 다를 것 같다는 느낌 때문이었다.

"이곳에 무기가 될 만한 것이 있나?"

—지하에 가면 슈트와 간단한 무기가 있어요.

"휴~ 지하는 이제 그만 가고 싶다. 지하실은 어디에 있지?"

—열어줄게요.

그때 벽난로가 아래로 내려가며 지하로 내려가는 계단이 보였다.

"단촐하네."

전투용 슈트와 몇 자루의 권총, 자동소총이 다였다.

"…직접 가려고?"

슈트를 입고 있을 때 조용히 지하실로 내려온 능령이 물었다.

"응, 지원 병력을 기다렸다가는 늦을 것 같아서."

"아까 내가 한 말 때문이라면 이러지 않아도 돼. 무기력한 스스로에게 화나서 한 말이었어."

"알아. 나 역시 너랑 똑같은 기분이었으니까. 그래서 이 더러운 기분을 좀 없애볼까 하고."

"널 잃고 싶지 않아. 하늘 씨에게 미안하긴 하지만… 가지 않았으면 좋겠어."

"훗! 그럴까?"

준영도 솔직히 가기 싫었다. 근데 평생 지금 같은 기분을 가지고 살기는 더 싫었다.

자신의 물음에 살며시 고개를 끄덕이는 능령.

"이렇게 누군가를 구하러 갈 생각을 하니 널 구하기 위해 두문불출했었던 때가 기억난다. 자기도 기억나?"

"…응, 얼핏 정신이 들었을 때 널 봤었어."

"그때 꽤 엉망이었는데. 하하!"

"아니, 잠깐 착각해서 실망하긴 했지만 금세 네가 날 구해주러 왔다는 걸 알고는 백마 탄 기사님같이 느껴졌었어. 지금 와서 하는 말이지만 그때 '이 사람과 함께 있고 싶다' 라는 생각을 처음 했었어."

능령은 아련한 표정을 지으며 과거를 상상하다 준영이 왜 당시의 얘기를 꺼냈는지 알 것 같았다.

"아마 하늘 씨도 누군가가 구하러 오길 기다리고 있겠지?"

"아마도."

"돌아올 거지?"

"나, 꽤 강해. 최근엔 위기 감지 능력도 생겨서 목숨을 여

벌로 가지고 다니는 거나 마찬가지야."

준영은 능령을 안심시키기 위해 자신의 육감에 대해 몇 가지 예를 들며 말해주었다.

능령은 담담히 듣고 있다가 다시 물었다.

"아직 대답하지 않았어. 꼭 돌아올 거지?"

"응!"

"약속 어기면… 그땐 용서하지 않을 거야."

"응! 이리 와. 한번 안아보자."

"싫어. 안고 싶으면 무사히 돌아와."

"자기를 안기 위해서라도 돌아와야겠네. 참! 나도 지금이니까 말하는 거지만 숨겨둔 얘기 하나 해줄까?"

"뭔데?"

"후후후! 사실 그때 옷을 입히면서 가슴이 너무 예뻐서 나도 모르게 가슴을 만졌었어."

분위기를 풀고자 한 얘기였는데 능령이 갑자기 버럭 소리를 질렀다.

"나쁜 놈!"

"…미안."

"나쁜 놈. 나쁜… 놈… 나쁜……."

능령이 굵은 눈물을 뚝뚝 흘리며 울었다. 그러면서도 끝까지 준영의 품에 안기지는 않았다.

꼭 살아 돌아오라는 듯이.

*　　*　　*

“이거 연습했던 것과 너무 차이가 나는데요. 대충 뜯어낸다고 해도 한 시간은 족히 걸릴 것 같습니다.”

천(天)의 본체인 메인 컴퓨터를 뜯고 있던 팀원이 고개를 저으며 말했다.

“20분. 더 이상은 안 돼.”

밥이 딱 잘라 말했다.

“일반적인 컴퓨터 구조와 완전히 다릅니다. 뭘로 만들었는지 잘 뜯어지지도 않고요. 뭔가 대책이 필요합니다, 보스.”

밥이 보기에도 시간 안에 일을 끝내긴 힘들 것 같았다. 무혈입성을 했는데 아무것도 챙기지 못하고 나간다면 장두호도 장두호지만 대원들 볼 낯이 없었다.

그래서 옆에서 경계를 서고 있던 대원에게 말했다.

“비슈누, 아까 그 여자를 데려와.”

“예.”

비슈누라 불린 약간 검은 피부의 동양인이 미로 한쪽에 묶어둔 천(天)에게로 갔다.

상처에 붕대를 감아 응급처지를 했지만 그것만으로 치료가 될 리가 없었기에 천(天)은 힘없이 바닥에 누워 눈을 감고 있었다.

"일어나."

비슈누가 팔과 다리에 묶인 끈을 칼로 잘라주며 말했다.

눈을 뜬 천(天)은 비슈누를 훑어보더니 그가 사용한 쿠크리—구르카족의 전통 칼—를 보며 말했다.

"구르카족인가요?"

"일어날 수 있냐고 물었다."

"구르카족인지 물었어요."

비슈누의 눈이 일순 실룩거렸다. 하지만 천(天)은 그런 그의 모습을 못 봤는지 다시 물었다.

"구르카족이에요? 아님 그들의 명성을 빌리고자 쿠크리를 찬 거예요?"

"…성인이 되었을 때 받은 내 것이다."

살기를 내뿜는 데도 태연하게 묻는 천(天)의 모습에 비슈누는 결국 자신의 것이라고 말했다.

구르카족 남자들이 성인이 되면 쿠크리를 선물로 주는 것이 그들의 전통이었다.

"한 가지 부탁이 있어요."

"뜬금없군. 혹시라도 살려달라는 얘기라면 하지 마. 그럴 힘은 없으니까. 그리고 헛소리할 힘이 있다면 일어나. 보스가 널 찾는다."

"살려달라는 얘기가 아니에요. 그저 곱게 죽도록 해달라는 거죠."

"곱게 죽도록 해달라고?"

"아까 당신 동료 몇 명이 지나가며 음흉한 눈빛으로 곱게 죽을 생각 말라더군요."

특별 대응 팀 팀원들 대부분이 세계 각지에서 일어나는 전투에서 사선을 넘나들던 이들이다 보니 죽음에 대한 스트레스를 엉뚱하게 푸는 놈들이 많았다. 그들 중에는 시체마저 가만히 두지 않는 쓰레기 같은 놈들도 있었다.

비슈누는 그런 이들을 경멸했다. 그 역시 돈에 팔려 다니는 용병이었지만 최소한의 명예는 지켜야 한다는 것이 그의 생각이었다.

하지만 동료들과의 화합을 깨면서까지 천(天)의 말을 들어줄 이유는 없었다.

"내가 왜 그런 귀찮은 짓을 해? 그리고 오래 걸리진 않을 거야. 30분 안에 철수할 거거든."

"다른 이유는 없어요. 그를 위해 만든 몸인데 다른 사람들에게 더렵혀지고 싶지 않을 뿐이죠. 내 부탁을 들어준다면 당신에게 그에 상응하는 대가를 주죠."

"대가?"

용병이다 보니 대가라는 말에 귀가 솔깃해졌다. 하지만 이어지는 천(天)의 말에 인상이 와락 구겨졌다.

"구르카족은 손대지 않고 당신만 죽일게요."

"으득! 우리는 최강의 전투 민족이다!"

"전투기와 미사일 앞에선 그냥 인간일 뿐이죠. 물론 포로가 된 사람의 얘기라 믿지 못하겠죠? 하지만 당신들이 이곳에 오기 전 지상으로 공격해 온 400명이 어떻게 되었는지 알고 있나요? 모두 죽었어요. 미사일 한 방에요."

"구르카족 네 명이면 그깟 쓰레기들을 처리하는 건 일도 아냐!"

비슈누는 천(天)이 자신을 희롱한다고 생각해 분노를 숨기지 않았다.

"글쎄요. 내 말을 믿든 말든 그건 당신의 선택이겠죠. 자, 이제 가죠."

천(天)은 누워 있던 자세에서 일어나기까지 몇 번이고 쓰러질 듯 비틀거렸지만 결국 스스로의 힘으로 일어났다.

'저런 여자가 어설픈 협박을 해?'

비슈누는 천(天)이 어이없고 말도 안 되는 협박을 한다고 생각했다.

그저 잠자리가 불편하라고 하는 질 나쁜 농담 정도로 치부를 하던 그는 붕대질을 해 겨우 막아놨던 상처가 터졌는지 피가 흠뻑 배어 나오는 상황에서 눈도 깜짝하지 않는 그녀를 보며 약간이지만 마음이 움직였다.

"안 갈 거예요?"

천(天)은 오히려 앞장서서 걸으며 그의 발걸음을 재촉했다.

"데려왔습니다, 보스."

"수고했어."

천(天)을 데려왔다는—그녀 스스로 온 것이지만— 보고를 한 비슈누는 잠깐 망설이다가 물었다.

"보스, 위의 상황은 어떻습니까?"

"글쎄, 소식을 알려주던 친구와 연락이 끊겨서 말이야. 하지만 아까 폭발음과 땅울림을 봐서는 강력한 폭탄이 터진 게 아닐까 생각해. 한데 갑자기 위의 상황은 왜?"

"…아닙니다."

비슈누는 꽤 복잡한 얼굴로 본래 경계를 서던 자리로 돌아갔다.

밥은 그런 그를 싱겁다는 듯 쳐다보다가 천(天)에게로 시선을 돌리며 말했다.

"김하늘 박사, 우리 쉽게 가자고. 이 컴퓨터의 머리에 해당하는 부분이 어디지? 설마 당신을 버려놓고 도망가 버린 안준영과의 의리를 지킬 생각은 아니겠지?"

천(天)이 공식 석상에 나선 것은 실버타운 시공식 전야제 파티가 유일했다.

그때 준영은 그녀를 가상현실 게임 개발자라고 소개했는데, 그 때문에 성심그룹에 이목을 집중하고 있던 특별 대응팀에서 그녀의 얼굴을 알게 된 것이었다.

"당신들의 도둑질을 도우란 말인가요?"

"도둑질이라… 뭐, 틀린 말은 아니군."

"돕는다면 나에게 뭘 해줄 건데요?"

"살려준다고 해도 믿지 않을 테니 솔직히 말하지. 편안한 죽음을 보장하지. 아름다운 아가씨를 엉망진창으로 만들고 싶지는 않거든."

"고문을 하겠다는 소리군요?"

"똑똑한 사람답게 금세 알아듣는군."

"좋아요. 나도 고통 받는 건 싫어요. 직접 분리해 드리죠."

천(天)이 자신이 직접 분리해 주겠다며 메인 컴퓨터로 다가가려 했지만 곧 밥의 손에 막혔다.

"그냥 위치만 말해줘. 왠지 로봇이 나오거나 폭탄이 터질 것 같거든."

폭발음과 함께 지상에 있던 CIA 요원과의 연결이 끊어진 상황을 알고 있는 밥은 천(天)을 믿을 수가 없었다.

"위치만 알려줘서는 힘들 텐데요?"

"그건 우리가 알아서 하지. 죽는 것보단 차라리 빈손이 나은 법이니까."

"…그러던지요. 저기 천장 바로 밑에 작은 전구가 있을 거예요. 그 부분에서 중심으로 들어가면 라면 상자만 한 정사각형의 큐브가 있을 거예요. 그것이 바로 머리에 해당하는 CPU 예요."

"거짓이 아니길 빌겠소, 박사."

"어차피 오래 살지 못할 거 나도 알아요. 다만 편하게 가고 싶을 뿐이에요."

피로 축축이 젖은 자신의 배 부근을 태연하게 바라보며 말하는 천(天).

'이상한 여자야.'

밥은 살짝 인상을 찌푸리다가 그녀에게 편안한 죽음을 선사할 사람을 선정하기 위해 대원들을 살펴보았다.

그때 한 사람이 자원해서 나섰는데 바로 비슈누였다.

"제가 처리하겠습니다."

"자네가?"

비슈누는 지금까지 여자와 아이가 관련된 일에 나서는 법이 없었다. 그런 그가 나서니 밥으로서는 의아해할 수밖에 없었다.

그러나 일을 자청하고 나섰는데 다른 사람을 지목하는 건 그를 무시하는 행동처럼 보일 수도 있었다.

왜소한 동양인이라고 대원들에게 알게 모르게 왕따를 당하는 그였지만 특별 대응 팀에서 가장 강하다고 평가받는 인물 또한 비슈누였다.

"그렇게 해. 약속을 했으니 고통 없이 보내줘."

"알겠습니다."

비슈누는 천(天)의 등을 살짝 밀며 다시 미로처럼 얽힌 복도로 접어들었다.

"부탁 들어줘서 고마워요."

"당신의 협박 때문에 이런다고 생각하지 마. 그저 놈들이 하려는 짓이 마음에 들지 않아서일 뿐이야."

"그렇다고 해두죠. 가급적 아프지 않고 망가지지 않게 보내줘요."

적당한 곳에 이르자 천(天)이 걸음을 멈추고 뒤로 돌아섰다.

"곧 죽을 사람이 주문 사항이 많군."

비슈누는 쿠크리 대신 20센티미터 정도 되는 긴 바늘을 꺼내며 말을 이었다.

"이걸 귀와 턱관절 사이에 밀어 넣으면……."

"설명은 필요 없어요."

"끌! 정말 제멋대로야."

이상하게 혀를 찬 비슈누는 실행에 옮기기 위해 천(天)에게 접근하려다 동작을 멈추고 뒤를 돌아봤다.

"어이, 비슈누! 잠깐 기다려 봐."

평소 그를 유독 무시했었던 세 사람이 불쾌한 미소를 지은 채 다가왔다.

"…무슨 일이지?"

"무슨 일은… 그 여자, 우리가 처리하겠다는 거지. 처리하기 전에 잠시 재미도 보고 말이야. 킬킬킬!"

천(天)을 탐욕스럽게 바라보며 가운데 사내가 온 이유를 밝혔다.

"지금은 임무를 수행 중이야. 셋이 이렇게 모여 있으면 안 되는 거 모르나?"

"우리 모두 순찰 중이었어. 다만 이 빌어먹을 미로 때문에 우연이 셋이 만난 거지. 안 그래?"

"낄낄낄. 맞아."

"젠장 맞을 미로지. 크크크!"

셋은 비슈누의 말을 비아냥거리며 받았다. 그러나 워낙 자주 있었던 일인지라 비슈누는 딱히 화를 내거나 하진 않았다.

"그럼 계속 순찰이나 돌아. 난 내 일을 할 테니까."

"왜? 우리가 가고 나면 그년이랑 그 짓거리라도 하려고? 킬킬킬!"

"그러게 말이야. 가까운 곳에서 죽이면 될 일을 굳이 여기까지 데려온 이유가 뭘까? 낄낄낄!"

"지도 남자라는 거지. 그리고 저년 봐. 정말 죽이게 생겼잖아. 참을 수가 없었던 거지. 크크크!"

"……."

"피쉬! 그러지 말고 같이 즐기자고. 사실 아까부터 내가 찜해놨으니 우선권은 나에게 먼저 있는 거다. 오케이?"

피쉬는 비슈누의 얼굴상이 물고기를 닮았다며 놀리기 위해 팀원들이 부르는 이름이었다.

"나도 찜했으니 두 번째야."

"미안해서 어쩌지, 피쉬. 나둔데. 네가 제일 마지막에 해야겠다."

지금까지 담담하게 말하던 비슈누의 얼굴이 차갑게 식으며 그의 몸이 살짝 낮아졌다. 언제든지 빠른 속도로 쿠크리를 뽑기 위한 준비 자세였다.

"토끼 새끼들이냐? 20분도 남지 않는 시간에 세 사람이나 돌아가면서 하게? 그리고 다시 한 번만 더 피쉬라고 불러봐."

비슈누의 살기 어린 목소리에 세 사람도 장난 어린 표정을 지우고 같이 살기를 내뿜었다.

"그럼 어쩔 건데……?"

가운데 사내는 본인도 준비 태세를 갖췄음에도 피쉬라는 말을 차마 내뱉지 못했다.

비슈누에 대한 수많은 소문이 머릿속에 떠올랐기 때문이었는데, 그중 가장 대표적인 소문이 필리핀 이슬람 반군 기지 사건이었다.

침투조가 발각되어 모두가 사살된 상황에서 유일하게 살아남은 비슈누는 쿠크리 한 자루로 하룻밤 동안 수백 명의 반군을 학살하고 살아 돌아왔었다.

그러니 세 사람은 긴장할 수밖에 없었다.

비슈누는 세 사람을 차례차례 바라보며 단호하게 말했다.

"더 이상 너희들을 팀원으로 생각하지 않겠다."

죽이겠다는 말이었다.

세 사람은 서로 눈빛을 주고받으며 의견을 조율했고 준비 태세를 풀었다. 괜한 일에 목숨을 걸 이유가 없다는 것이 그들의 공통된 생각이었다.

그렇다고 그냥 가자니 무서워서 피하는 것처럼 느껴질까 한마디 하는 걸 잊지 않았다.

"쩝! 순찰 중에 심심해서 농담 한번 해봤는데 무섭게 나오는군."

"그러게 말이야. 우리는 하던 순찰이나 계속하자고."

"깔끔하게 죽… 아, 아냐, 자네가 알아서 해."

"쓰레기만도 못한 새끼들!"

세 놈이 꽁지 빠져라 도망가며 사라지자 비슈누 역시 한마디 하며 준비 태세를 풀었다.

뒤를 돌아보니 천(天)은 벽에 기댄 채 서서히 주저앉고 있었다. 그리고 힘없는 목소리로 중얼거렸다.

"…하, 하던 일이나 계속해요."

상태를 보아하니 굳이 자신이 손을 쓸 필요도 없을 것 같았다.

잠시 생각하던 비슈누는 명령도 따르고 편안하게 보내주자는 생각으로 천(天)에게 다가가며 말했다.

"따끔할 거야. 그걸로 끝이고."

천(天)은 대답하기도 귀찮은지 눈을 감은 채 살짝 고개만 끄덕였다.

막 긴 바늘로 천(天)을 찌르려는 그때였다.

두두두두두두두! 두두두두두두!

갑자기 들려오는 총소리.

비슈누는 들고 있던 긴 바늘을 던지고 왼손에는 자동소총을, 오른손에는 쿠크리를 들고 몸을 웅크렸다.

나쁜 놈이 도착한 것이다.

『개척자』 9권에 계속…